Uwe Tellkamp

Der Hecht, die Träume und das Portugiesische Café

Roman

Deutscher Taschenbuch Verlag

Die Sonne im Auge des Falken,
der zurückkehrt auf meine Hand

TAIRO

November 2009
Deutscher Taschenbuch Verlag GmbH & Co. KG,
München
www.dtv.de

Umschlagkonzept: Balk & Brumshagen
Umschlagbild: Joerg Maxzin, Butterfly II
www.joerg-maxzin.de
Satz: atelier eilenberger, Leipzig
Druck und Bindung: Druckerei C. H. Beck, Nördlingen
Gedruckt auf säurefreiem, chlorfrei gebleichtem Papier
Printed in Germany · ISBN 978-3-423-13870-3

I

Die verwunschene Zeit

Erinnerungen, dies ist die Stunde. So sprecht,
Gefährten, sprecht von der Zeit aus meinem Munde,
der Stadt in Dämmerung und sanftgestillter Wunde,
der Zeit, die immer fortgeht wie der Strom
und niemals steht, und von den Abendwolken,
die der Wind verweht, vom Schattenschiff der Träume
sprecht, Erinnerungen, leicht wie Musik,
die golden ist verklungen, leicht wie die Wünsche,
wie des Blicks Begehr, und wie Spätsommernacht
gedankenschwer, und sagt mir von der Liebe,
die das Herz berührt, aus Raum und Zeit
zu ewigem Geheimnis führt, sprecht von der Nacht,
vom hellen Tag, und von des Morgens Flügelschlag,
sprecht von der Sonne Wiederkehr,
und wie uns Hoffnung trägt hinauf zum Sternenmeer …

Manchmal glitt ein Klang über die Dinge, bis sie zu leuchten begannen. Musik war der Name der Erscheinungen, damals, in jenem Sommer, gab es nichts, was von Liebe schöner sprach. Damals – und dabei ist jener Sommer noch gar nicht lange her: Ein paar Jahre, aber die Zeit ist eigenwillig, manches erscheint in tiefer Vergangenheit und ist gestern erst geschehen, anderes liegt Jahrzehnte zurück und ist im Gedächtnis lebendig wie der Augenblick des ersten Kusses. Damals lebten sie noch alle im Hecht, wie das Gründerzeitviertel im Norden von Dresden hieß: die Musiker von *Tango Verde*, Martin, der Maler, der in *Cook's Basar* arbeitete, Florian und Johannes, Emilie Schnabel, Besitzerin des *Portugiesischen Cafés*, Nora und Käpt'n Flint, der im Antiquariat *Aquarium* ein- und ausging ... Bruno Korra, dem es gehörte, zieht vielleicht heute noch Emilies Königsberger Klopse dem reichhaltigen und verlockenden Angebot von Kajetan Klakus' Feinkostgeschäft *Zauberhafte Genüsse* vor, das sich nicht weit vom *Aquarium* befand – Kajetans Waren genügten dem Anspruch des Ladennamens, aber was vermag die Kunst gegen die Kindheit?

In jenem Sommer war das Leben wunderbar einfach, es glitt dahin auf den vielfältigen Strömungen, die der gelassene, wie ein weiser Mann nicht von allzu nahen Dingen kommende

Wind zu den geöffneten Fenstern emportrieb: Ahnungen, Abendgerüche, das Lächeln Isabels, wenn sie Karsten die Straße hinaufkommen sah, das Spiel des Lichts in den Blättern, Musik, die über das Viertel wehte, zur sinkenden Sonne hin, über die Bäume am Ende der Straße, im kleinen Park …

Und oft, wenn Florian abends das Fenster geöffnet hatte, war es, als seien die Stimmen des Viertels das Rauschen ferner Brandung, die stille weiße Gischt von Wellen am Horizont, Stimmen über den blauen Schatten der Juninachmittage, in denen man die Seltsamkeit der Zeit spürte: Daß es war, als ob man durch einen verborgenen Garten ginge, noch ganz auf der Bahn der Gegenwart befangen – und plötzlich wehte aus den Tiefen ein Duft heran, als habe sich eine Zauberblume in den Dämmerungen geöffnet, ein Duft, der Florian forttrug in die hellen Bezirke der Kindheit, wo das Spiel des Lichts war, der tanzende Sonnenstaub vor Fenstern in einem stillen Zimmer, die vertrauten Schritte und Stimmen wieder, Berührungen und der unnennbare Eindruck, den ein geliebter Mensch hinterließ, die träumende Katze vor einer verwunschen tickenden Uhr … Zeit, eigenwillige Zeit. Und seltsam kam es ihm vor, daß die Vergangenheit ihre Ferne verlieren konnte, wenn man auf sie mit den weitgeöffneten Augen des Abends sah, wie auf ein Schiff, das mit dem Horizont zu verschmelzen beginnt und der Dämmerungsgrenze, auf die Vogelzüge im Herbst, auf die lautlose und stete Mahnung der Kerzenflamme – mit Augen, die die Zeit sahen und vor ihr ohne Antwort blieben. Seltsam die Rückkehr, wenn er durch den Spiegel der Erinnerungen trat, seltsam dies aus Fremdheit und Bann gemischte Gefühl – als habe man eine Telephonnummer aus einer längst verschollenen Welt gefunden, die des Orientexpreß' vielleicht oder von einer der Wohnungen im Zirkus *Sarrasani*; man wählt, und das Freizeichen ertönt …
Stimmen des Viertels, und draußen trieben Wolkenschiffe im ruhigen und steten Westwind jenes Juni, der eins mit dem Himmel war und mit der hier und dort schon augenaufschlagenden

Dämmerung, und es war, als ob er lauschte, wenn Johannes aus der Kinderklinik des Neustädter Krankenhauses fröhlich pfeifend heimgeradelt kam ... Weithintragender Strom, Fluß der Geschichten und der Stimmen, des Geflüsters vergangener Zeiten, weithintragender Strom ...

Im Hecht, bis hin zur Stauffenbergallee, zur Königsbrücker Straße, schwebte der Blütendust der Akazien und Linden wie Kinderlächeln in der Luft, und öfter als gewöhnlich erklang Emilies Grammophon aus der offenen Tür des Lokals: Fjodor Schaljapin *Mascha braucht nicht übern Fluß zu ziehn*, die Comedian Harmonists oder Frieda Hempel *Du Tag voll hehrer Wonne* ... es war der Sommer, in dem Sophie ins *Portugiesische Café* zog, wie nicht nur das Lokal im Hinterhof, sondern auch Emilies Haus genannt wurde, eines jener Häuser, wie es in der Neustadt noch viele gab: Putz und Gesims glichen einer schorfigen Haut, die dankbar die belebende Wärme des Sommers aufzunehmen schien, die Fenster mit ihren rissigen Rahmen Augenlidern, halbgeschlossen über vielen Niederlagen gegen vergangene Winter, Kohle- und Schwefeldunst, *Wartburg*- und *Trabant*-Abgase, Zerfall. Im dämmrigen Treppenhaus roch es nach Bohnerwachs und Möbelpolitur – denn das schön gedrechselte Balustergeländer wurde regelmäßig blankgerieben, ebenso die mahagonibraunen Türen –, nach den Blumen auf den Fensterbrettern der Treppenabsätze und nach Zeit, nach ihrem unbestimmbaren, sich selbst genügenden Arom, das über den ausgetretenen Treppenstufen lag, in der schwebenden Stille des Hausflurs und seinen mit wesendem Staub gefüllten Lichtbahnen, die durch die hohen Etagenfenster einfielen.

Florian sah den Schatten- und Lichtmustern zu, die im ruhigen Wind des Donnerstagnachmittags über die Straße glitten, dem Schattenspiel eines Wölkchens über der kreidigen, rosenüberlockten Mauer vor dem Durchgang zum Park, an den das *Portugiesische Café* grenzte, und hörte, wie Johannes hinter ihm in die Küche kam und Wasser in den Teekessel füllte, hörte im Wasserplätschern ein dumpfes, unregelmäßig von trockenen Püffen unterbrochenes Brummen – ein alter, klapprig wirkender Lastwagen näherte sich, unter der Last seines mit Möbeln bepackten Hecks leicht schlingernd. Die Bremsen quietschten, er hielt, aber weder Florian noch Johannes, der sich über dem Ausguß rasierte und nun ans Fenster trat, eine Gesichtshälfte noch eingeseift, wußte zu jenem Zeitpunkt die Namen der beiden, die ausgestiegen waren; die junge Frau mit den hochgesteckten Haaren blieb vorerst eine Fremde, die unschlüssig am Haus emporsah, die Hände in die Taschen ihrer Jeans gesteckt, während ihr Begleiter, rückwärts aus dem Fenster schauend, das Auto einparkte; sie drehte sich um und gab ihm Winkzeichen.

»Was meinst du?« Johannes griff nach dem Handtuch über seiner mageren, gebräunten Schulter.

»Ich kann keine Geige entdecken«, antwortete Florian, der sich ausspähend weit vorlehnte.

»Die wird sie bestimmt vorn gehabt haben.« Der Kessel begann zu pfeifen, Johannes stellte das Gas ab. »Wie möchtest du deinen Kaffee?«

»Schwarz.«

»Es kann ja sein, daß sie es gar nicht ist. Vielleicht hat Arndt sich getäuscht, und sie kommt an einem anderen Tag.« Er ließ die Gardine fallen. Aus der Tiefe drang Klavierspiel zu ihnen empor: Karsten übte, der Pianist von *Tango Verde*. Aquamarintönungen lagen in den Luftströmungen; Johannes klatschte Rasierwasser auf die Wangen, zog sich an und band eine Krawatte um, wedelte mit den Konzertkarten, pfiff vor sich hin und sprach voller Entzücken von Valentine, einer Schwesternschülerin, mit der er ausgehen wollte. Florian zuckte vom Fenster zurück. Sophie hatte nach oben geblickt, ihm schoß durch den Kopf, daß er genauso indiskret und unverhohlen neugierig war wie einige Nachbarn, die sich in den warmen Tagen Kissen auf die Fensterbretter legten und stundenlang nichts anderes taten als mit breit aufgestütztem Ellenbogen nach draußen zu starren und jede Regung auf der Straße zu beobachten. Tanias Reaktion auf den Schluß eines Maigret-Films fiel ihm ein, sie hatte ihrem Ärger über *diese Gaffer* Luft gemacht: Sehe endlich einmal alles nach dem perfekten Verbrechen aus, dann plage (ausgerechnet dann, in der entsprechenden Sintflutnacht) in dieser dunkelsten und verlassensten Gasse von ganz Paris ein Hutzelweiblein die Schlaflosigkeit, so daß sie sich aus ihren fünfzig Deckbetten schälen und natürlich ans Fenster treten müsse – im entscheidenden Moment, versteht sich –: Arndt, der Bandoneonspieler von *Tango Verde*, hatte den schwarzen Scherz weitergesponnen und gemeint, daß das Leben ungerecht genug sei und man die Ungerechtigkeit nicht noch dadurch vergrößern solle, daß man es dem Hutzelweiblein gleichtue, sondern vielmehr auf jene selbst den Anschlag verüben müsse …

Sie verließen Wohnung und Haus. Der Lastwagen stand ein paar Meter vom Sandsteinbogen der Eingangstür entfernt. Johannes fuhr mit dem Fahrrad durch den Park davon, ohne die beiden gegrüßt zu haben, mit dem für ihn typischen Schlenkern des Überschwangs, die Krawatte schlug nach hinten, und sein Haar wehte, während Florian, auf dem Weg zum *Aquarium*, stehenblieb, da Sophie und Philipp auf ihn zukamen. Er ahnte, daß dieser Augenblick schon in tiefere Schichten der Zeit reichte, von Anfang an zur Erinnerung geboren war und nicht dem Gesetz von Gleichmaß und Bemessung folgte, nach dem die eben vergangene Stunde uns näher ist als der zurückliegende Tag, der zurückliegende Monat, diese aber die Stunde bestimmen – daß er zu jenen Augenblicken gehörte, die sofort hinabführen in das, was trägt und bleibt, was die Zeit teilt. Sie kamen auf ihn zu, und so, wie sie kamen, gingen sie ein in die Erinnerung, die als Abbild im Gedächtnis lebt und bis zum Tod nicht verblaßt, vielleicht nicht einmal über diesen hinaus: Überscharf gezeichnet der Lichtfleck auf einem Gesicht oder einer Hand, der Ausdruck eines Blicks, der in einem anderen forscht, so brennend intensiv, als sei nicht alles das sichtbare Leben, als gäbe es darunter

Bruchstücke und Essenzen anderer Wirklichkeiten, die sich im Unbekannten zum Traummuster eigentlicheren Lebens weben, sonderbare Zeit, die uns verbirgt, warum wir eben erst das Weinglas zum Augenblick vor zwanzig Jahren oder einem Jahrhundert heben, das Weinglas auf dem Tisch, den keine Lampe mehr bescheint, und das wir ins Schweigen stellen, das atemlos den Worten lauscht, die in der Luft noch nachzittern ... Abwendung dann von jenem Blick, beinahe schmerzhaft das Gefühl sich spannenden Stoffs – ein plötzlich unerträglich gewordenes Hemd, eine zu enge Krawatte, ein auf einmal schlecht geschnittener Anzug, dies auf der kalten Haut, die in schattenhaftem Sprung zur Landkarte wird, in die unsichtbare Nadeln stechen: Keime böser oder herzklopfender oder dunkel zärtlicher Empfindungen, die in tintenhaftem Suchen, in den konzentrischen Kreisen eines Wellenspiels nach einem Steinwurf, zueinander finden ...

Der Bogeneingang des Hauses blendete, der Sandstein warf das Licht in diffuser und zugleich schmerzhafter Helligkeit zurück. Nun waren die beiden heran und blieben vor Florian stehen, für Sekunden kam das Flüstern der Feuerkronen und der vielfältigen Strömungen wieder in sein Bewußtsein; wehte Karstens Klavierspiel aus der Entfernung heran. Man hörte die Geräusche der Stadt weit entfernt, von der Elbe die Rufe der Schlepper; nah waren die Stimmen spielender Kinder im Park. Sophie stand vor Florian, und zum ersten Mal sah er die sonderbare Stille ihrer bernsteinfarbenen Augen, feine Schleier über Tiefen, in denen goldgrüne Fünkchen schwebend sich verloren. Sein Herz schlug plötzlich schneller, als er sich aus Verlegenheit halb von ihr abwandte, da sie ihn unverwandt und offen ansah, wenn auch, wie ihm schien, ohne tieferes Interesse. Wie im Flug erfaßte er die Einzelheiten ihres Gesichts – die helle Stirn unter dem honigblonden Haar, den Mund, weichgeschwungen, eine rosige Frucht, Mund der Freude und Liebkosungen, ihren Körper in den knappsitzenden Jeans, dem engen T-Shirt, die blaßblaue

Äderung des goldflaumigen Arms. Sie erwiderte seinen Gruß, und er lauschte dem Klang ihrer Stimme nach, hell und lichtzart wie das Gelb der Juniaprikosen; wohlig empfand er die Berührung seines Ohrs, als sie ihn fragte, ob er hier wohne, wobei sie über das *Portugiesische Café* und die blendendhelle Mauer wies, über die Baumkronen und, mit unbestimmtem Öffnen der Hand, auch über die Nachmittagsruhe des Viertels – er nickte verwirrt, wußte nicht wohin mit seinen Händen, spürte die Hitze seines Gesichts und das Irritierte seines Blicks, gewiß lag nun zuviel Weißes in seinen Augen, zuviel erschrockenes Erstaunen.

»Sophie, Sophie Mangold«, stellte sie sich vor und streckte die Hand aus. Zart und warm berührten ihn ihre Fingerspitzen, Florian lächelte und wies wie zu unsicherer Frage nach oben, auf die leeren, gardinenlosen Fenster im dritten Stock, sie nickte, ja, dort wolle sie einziehen, ihr Bruder helfe ihr, und betrachtete Florian mit aufmerksamem Ernst, als er erklärte, daß sie von nun an Nachbarn seien, der junge Mann, der vor Augenblicken aus dem Torbogen gekommen sei, und er hätten die Wohnung nebenan. Dann wandte sie sich suchend nach ihrem Bruder um, der beim Lastwagen geblieben war, ging zu ihm und wollte sprechen, hob aber plötzlich die Hand und lauschte dem Klavierspiel, das schwächer und ferner aus der funkelnden Flucht der Fenster hervordrang. Das Blättergeflüster war wiedergekehrt, und Florian spürte noch die Wärme ihrer Hand in seiner, doch gehörte die Empfindung schon zur schimmernden Substanz der Erinnerung, aus der über den täuschenden Strömungen der Augenblicke die Brücken bestehen, wo die Begegnungen noch einmal stattfinden, unmittelbarer und beklommener, von Zukünftigem erfüllt und von der streifenden Berührung der Träume, schön wie eine klare Nacht, die Rückkehr des Lichts.

Sophies Bruder mochte um einsfünfundneunzig messen. Er hatte graue Augen und vanilleblondes Haar, Florian mußte zu ihm aufsehen, als sie sich begrüßten und ihre Namen nannten. Philipp blickte Florian ruhig an, dessen Augen dem offenen, festen Blick in das Blau zwischen den weißen Wolken auswichen, das

sich an seinen Rändern in Helligkeit löste und Spuren von Grün trug, die es kaum merklich dunkler färbten – dort waren Tore, aus denen die Dämmerung sinken würde, die Grenzen des Tages zu löschen.
Sophie fragte nach Emilie. Florian führte sie in den ersten Stock, vor Emilies dunkelbraun gebeizte Wohnungstür; im Hinuntergehen sah er, wie Sophie den Kopf senkte in Erwartung des Öffnens, sah den von Sonnenrauch entzündeten Haarflaum ihres Nackens und hörte auch ein paar Straßen weiter noch immer ihre Stimme deutlicher als die so viel kräftigere ihres Bruders, spürte den fremden, wie atmenden Druck ihrer Hand, während er sich an Philipps schon nicht mehr erinnern konnte. Er sah den großen, in ein leichtes Sakko gekleideten jungen Mann in der tadellosen Haltung derer vor sich, die Träume zu verteidigen haben, sah Philipps Augen, anders als die seiner Schwester nicht nur durch Farbe und Form, sondern auch durch eine Winzigkeit beigemischter Melancholie, durch ein Verbergen im Glanz und der spiegelnden Vertiefung des Blicks, der über die Häuser und die flüsternden Feuerkronen der Bäume schweifte und die Fenster, die geöffnet waren für Stimmen, fließende Wolkenmuster und die Ankunft des Abends …

Florian, der beim alten Korra für die Moderne zuständig war, betrat das *Aquarium*, Korra nickte ihm zu und ging über die Wendeltreppe nach oben, in die *Vor-Neunzehnhundert*-Abteilung und zu den Graphiken; die Rauchspur seiner englischen Pfeife lag noch in der Luft, und Florian betrachtete die Holztäfelung und dichtgefüllten Regale, die den Raum in Dämmer und Dunkelbraun tauchten, ging dann die Buchreihen entlang und fuhr behutsam, hier und da ordnend, über die Rücken, die nach Alter und Tabak rochen, sein Blick glitt über die bedächtig tackende Uhr mit der verblichenen Photographie des Vollschiffs *Oldenburg* daneben, die rote Amaryllis vor dem Schrank mit den Inselbänden, über strohhelle Lichtrauten auf dem Fußboden, die sich veränderten auf der Tageswanderschaft … Er sah

es wie sich die Vergangenheit ansieht in der Erinnerung, mit den Augen ihrer Zeugnisse: Ereignisse und Jahre auf den Flügeln von Stunden, über den Rand des Gedächtnisses gefallen wie in den Vorstellungen cranachscher Menschen Entdeckerschiffe gestürzt waren, über die Grenzen der Ozeane ins Nichts; und andere wiederum lebendig in Einzelheiten, doch im ganzen verwunschen – ein merkwürdiger Nachbar in der Kindheit, beispielsweise: Er wohnte nebenan und doch so fern ...
Weithintragender Strom, Strom der Geschichten und Stimmen und des Flüsterns am Abend, der großen, von Zuneigung erfüllten Augenblicke, weithintragender Strom ...

– Die Gerüche des Sommers, die nachschwangen, die Gerüche des Juni, und abends die Glocken der nahen St. Pauli-Kirche, von Trinitatis, der Garnisonskirche, der Lutherkirche der Neustadt, und die Tage glitten dahin auf ihren Sonnenrauchschatten, glitten dahin auf den vielfältigen behutsamen Strömungen, die der gelassene, wie ein weiser Mann nicht von allzu nahen Dingen kommende Wind zu den geöffneten Fenstern emportrieb,
den geöffneten Fenstern des Viertels, die in der Sonne eine funkelnde Flucht nahmen,
das Brummen eines Kontrabasses irgendwo vom Häuserkarree des Hinterhofs herüber, vielleicht war es Isabel, Arndts Bandoneon, wenn er in seinem Zimmer in Karstens Wohnung übte, Mütter, die ihre Kinder riefen, Baugeräusche in den Straßen ringsum, Autoreifen, die klebrig vor Hitze über das Pflaster schlurrten, der Stadtbrodem, gedämpft vom kleinen Park und der rosenüberlockten Mauer, Klänge, die in der durchsonnten Luft wie Ahnungen blieben, der beschwichtigten Zeit ebenbürtig, der steten Ausfahrt verblassender Wolkenschiffe, die ins Ewige gingen, ins abendgoldene Meer ...
manchmal der Geruch der Elbe, auf der an verzauberten Tagen Schlepper ins Schwerelose glitten, vor der weichgeschwungenen Silhouette Dresdens, und ihre Buge besaßen die schwarze Macht der Pottwalstirnen,

auf dem Fluß in seiner Kraft und schwingenden, geschmiedeten Ruhe, seinem metallischen Sog …
Gischt an den Flanken der Schiffe, wenn sie sich die Flußkrümmung emporarbeiteten – weiße Strähnen wie Fächerbarten, die von den stumpfen, gebieterischen Mäulern abflossen, und der Kohlenbaß ihrer Sirenen, wenn sie der Stadt den Gruß entboten –
Gerüche:
der Duft eines lichten Abends auf der Brühlschen Terrasse …
helle Segel, Chrysanthemensegel auf dem erdbraunen, schuppig überhauchten Fluß …
wenn die weißen Dampfer zurückkehrten und an den Pontons anlegten, Ausflügler winkten, ihre Sommerkleider wehten im Wind, sie schirmten die Augen und ihre Gesichter gegen die sinkende Sonne,
Möwen kreisten über ihnen, haschten nach Brotkrumen, Möwen, Möwen …
und der Duft der Buchen und Akazien im kleinen Park gegenüber vom Portugiesischen Café, wo donnerstags und sonntags Tango Verde spielte, die Verwundung der Sonne und der Heimkehr und des Abends …
der Duft des Brotes aus Frommanns Bäckerei, Musik erklang über den Bäumen, von Martins Plattenspieler, hinaus ins abendgoldene Meer …

Jahrelang hatte die Wohnung leer gestanden. Über der Duschkabine in der winzigen Küche schwebte eine vertrocknete Rose. Auf einem vergessenen Roßhaarsofa im Wohnzimmer lagen graugestaubte, stockfleckige Bücher auf Exemplaren lang verschollener Zeitungen, unter denen, wie in kleinen Fenstern, das Sofa in kräftigem Rot leuchtete; alle anderen Stellen waren von Staub und Licht gebleicht. Sophie öffnete die Wohnzimmerfenster. Tief unter ihnen lag der Hof mit den weißen Stühlen des *Portugiesischen Cafés*, der Birnbaum vor dem großen, wetterbraunen Schuppen, aus dessen Dach und Regenrinnen Gras quoll, lang und hell versponnen wie Trollhaar. Man konnte weit

über die schiefergrauen und rostroten Dächer des Viertels sehen. Die Abendsonne glitt in feinen, tastenden Strahlen ein und entzündete Sophies Haar, tauchte es in scheidendes Licht, einzelne Strähnen, die sich gelöst hatten, schwebten glimmend vor den hellen Wolkenzügen am Horizont. Das Zimmer war schmutzig. Sie warfen das Gerümpel in ein paar herumliegende, halb zerborstene Koffer und trugen sie nach unten. Florian sah in der Ferne Nora nach Hause kommen, kurz nach ihr Martin, Staffelei und Malzeug an Tragriemen über der Schulter, sein sonst so bleiches Gesicht sonnenverbrannt, das anspruchslos zurückgekämmte schwarze Haar zerzaust. Er wartete nicht, die beiden waren noch weit entfernt. Oben hatte Sophie ihre Violine auf den bald leidlich sauberen Boden gestellt, in eine Ecke neben das Fenster, und auf ihre Erklärung, daß sie die Geigerin von *Tango Verde* sei, der Gruppe, die in jenem Juni zwei Wochen alt war, hatte Florian lächelnd genickt. Noch immer war aus der Tiefe Klavierspiel zu hören, das erst abbrach, als Nora und Martin schon eine ganze Weile im Hauseingang verschwunden und nun bei Karsten wohl auf einen Besuch waren, denn man hörte nicht Martins schweren Schritt auf der Treppe, seinen rollenden Baß, mit dem er Käpt'n Flint rief, Korras alten Kater, der manchmal im Hausflur döste. Dann klopften Arndt und Isabel, sie kannten Sophie vom gemeinsamen Studium in Weimar. Sie unterhielten sich nur kurz, Arndt sah sich um und begann eine Melodie zu pfeifen, die beiden Frauen fielen ein, Isabels kurzgeschnittenes, hellblondes Haar schimmerte in der Sonne, ihr mintgrünes Batistkleid wehte in der Luft, als sie lächelnd mit Sophie ein paar Tanzschritte versuchte.
Gemeinsam luden sie die Möbel vom Lastwagen. Es waren nicht viele, aber sie mußten vorläufig im Keller untergestellt werden. Dann begannen sie vorzurichten. Sophie hatte Tapete, Leim, Farbe und einen Satz Bürsten mitgebracht; Karsten und Martin kamen mit einem Tapeziertisch und Werkzeug hinzu; Emilie steckte ihr weißes Königinnenhaupt zur Tür herein, nickte zufrieden, als alle über die aus dem *Portugiesischen Café* mitge-

brachten Getränke und Brote herfielen, flüsterte Nora etwas zu und verschwand wieder, nachdem sie mit träumerischem Blick das Zimmer und die jungen Leute betrachtet hatte, schweifend, ungenau, um sich einen schnellen Überblick zu verschaffen, und zugleich aufmerksam liebevoll, wie eine Mutter in manchen Augenblicken ihre großgewordenen Kinder betrachtet, die alle etwas von ihr haben und doch so verschieden und besonders in ihrer Eigenart sind, und alle begannen nun mit der Verwandlung des Zimmers. Als es dunkel wurde, ringelten Tapetenreste sich wie ausgerupfte Perückenlocken um den Tapeziertisch, auf den Martin sonst seine Aquarelle zum Trocknen legte. Farbsplitter bedeckten die in mehreren Lagen ausgelegten Zeitungen auf dem Fußboden, Farb- und Leimeimer, mit Lösungsmittel gefüllte Konservengläser standen überall herum, Pinsel und Tapetenbürsten weichten darin. Isabel hatte Sophies Violine und einen ganzen Wäschekorb voller Noten vorläufig bei sich untergestellt. Florian erkundigte sich, wo Sophie und ihr Bruder schlafen würden, als draußen die Nacht hereingebrochen war und große Motten die mit durchsichtiger Plastikfolie überzogenen Lampen umkreisten. Lachen wehte herauf, Stimmengewirr aus dem *Portugiesischen Café*; Martin stand am Fenster, deutete mit der glimmenden Zigarre auf die Sterne des Sommerdreiecks, die am weichdunklen Himmel aufgegangen waren. Philipp wies zur Antwort in das kleinere Zimmer, dort lagen Schlafsäcke auf dem Boden. Aber Florian schüttelte den Kopf und bot den beiden seine Wohnung an – ihre Dusche funktionierte nicht, es roch durchdringend nach Terpentin und Farbe, der Fußboden war über und über mit Abfall bedeckt. Sie wollten keine Umstände machen, Florian winkte ab und lud sie herzlich ein. Martin erinnerte sie an die Bedeutung des Traums der ersten Nacht im neuen Haus, aber vielleicht, meinte er, an seiner Zigarre ziehend, seien sie alle zu müde zum Träumen. Man verabschiedete sich. Sophie und Philipp zogen sich um, holten Schlafsäcke und Waschzeug, und Florian führte sie in die kleine, mit Büchern, Schallplatten und allen möglichen Dingen

zum Thema Fliegen und Flugzeuge vollgestopfte Wohnung, die Johannes und er miteinander teilten.
Schüchtern, beinahe vorsichtig blieb Sophie im Korridor stehen, betrachtete aufmerksam zwei Arbeiten Martins, die dort hingen – eine Sepiazeichnung, die den Titel *Wagnis und Gespenster* trug und ein Ölbild in mittlerem Format, das Florian wegen seiner finsteren Kraft manchmal bis zur Furcht beeindruckte, es hieß *Der Fürst der Schwarzen Schatten.* Sophie zögerte, ihre Augen wanderten von einem Bild zum anderen. Florian beobachtete sie und wußte, daß Philipp hinter ihm stehengeblieben war und vielleicht seinerseits sie beide beobachtete, vielleicht aber auch nur die Bücher im Regal über der Wohnzimmertür musterte. Eine Glühbirne im Korridorleuchter begann zu flakkern und verlosch gleich darauf, nun stand Sophie im Halbschatten, berührt von Licht und Dunkelheit zugleich, die der Kleiderständer neben der Eingangstür plötzlich warf, ein Berg Wintersachen lastete noch auf ihm, eine weiche, staubfangende Traube. Auch Florian selbst streiften die Schattenrhomben. Er sah in die konturlose Lichttiefe des altmodischen Spiegels zu seiner Linken, suchte Sophies Gesicht, ihre warm glänzenden, bernsteinfarbenen Augen und ihr Haar, über dem einzelne gelöste Strähnen schwebten, sie stand nun vor der japanischen Tuschzeichnung neben der Tür, Verse und ein Pflaumenblütenzweig, am unteren Rand leuchtete das rote Siegel des Künstlers. Philipp trat näher und betrachtete die Zeichnung, aber anders als Sophie, er schien die feine Kalligraphie des Gedichts, es war ein Haiku der japanischen Dichterin Chiyo-ni, lesen zu können, formte die Worte unhörbar mit den Lippen nach und strich sich nachdenklich über die Wange.
»Gefallen sie euch?« Florian wies auf die Bilder. Sophie wandte sich zu ihm um, und als sie antwortete, berührte ihn wieder der Klang ihrer Stimme wie am Nachmittag, als sie auf ihn zugekommen war und Philipp in der bläulichen und fließenden Luft beinahe unwirklich neben dem Wagen gestanden hatte, wie ein nach seiner Hoffnung und heimlichen Bestimmung in einem

weltverlorenen Hafen Ausschau Haltender, der Klang ihrer Stimme, das zarte Gelb der Juniaprikosen. Ihr gefielen die Bilder, aber Florian spürte, daß sie vor dem *Fürst* befangen war.

»Er macht mir angst«, gestand sie. »So etwas habe ich noch nie gesehen ... Sie sind von Martin? Er muß ein seltsamer Mensch sein, wenn er so malen kann, wenn er ... Dinge so sieht ...« Sie sah ihn an und lächelte verlegen.

»Sei nicht böse«, sagte sie mit einer entschuldigenden Geste, »ich will euch nicht kränken, bestimmt rede ich dummes Zeug, ich kenne mich mit Bildern nicht so aus ...«

»Nein, nein, das macht doch nichts, ich empfinde ganz ähnlich – das ist ein merkwürdiges Bild ... Oft habe ich sogar Angst vor ihm.«

Florian lachte verhalten.

»Die Tuschzeichnung hebt es etwas auf, finde ich. Manchmal, nachts, wenn draußen Sturm geht oder alles ganz still ist, habe ich sogar Angst, aufzustehen und zur Toilette zu gehen. Es ist ganz lächerlich, ich weiß, aber ich kann nichts machen, ich bilde mir dann immer ein, daß die Bilder Türen seien ... aus denen nach Mitternacht, in der Finsternis, die Geister steigen. Wenn man sich umdreht, hat man das Gefühl, daß einem ein lauernder Blick im Nacken sitzt. Dann«, er sah Philipp an, „sehe ich zu, daß ich wieder ins Bett komme, lasse die Lampe brennen und lese noch etwas, damit ich keine schlechten Träume habe. Komisch, nicht?«

»Mir würde es bestimmt auch so gehen«, sagte Sophie leise. Sie gingen ins Wohnzimmer.

Johannes hatte hier seinen großen, von Emilie billig erstandenen Apfelholzschreibtisch, seine Regale mit Lehrbüchern, der Jazz-Schallplattensammlung, den Fachzeitschriften für Kinderheilkunde, vor allem aber, Sophie war vorsichtig näher getreten und musterte die Buchrücken mit scheuer Neugier, den vielen Werken über Flugzeuge – technischen und mathematischen, belletristischen – Johannes verehrte Saint-Exupéry – bis hin zu Spezialschriften der Strömungs- und Werkstoffkunde, der Aeronau-

tik und solchen, die die Geschichte des Fliegens und einzelner Pioniere erzählten.
Florian brachte Wäsche und zog das Sofa aus, das sich unter Ächzen und Knarren in ein breites Bett verwandelte. Philipp blieb, als sei ihm unbehaglich, steif und halb von Florian abgewandt vor dem Sofa und Johannes' Schreibtisch stehen, suchte nach einem Platz für die Schlafsäcke – überall lagen Bücher und Zeitschriften, auf den Sesseln Wäschestöße, die Emilie gewaschen und gebügelt hatte. Sie räumten einiges nach nebenan, in Florians kleines Zimmer. Als sie fertig waren, gingen sie in die Küche.
»Möchtet ihr noch etwas essen? Wir haben Obst da, Brot, Wurst, Käse, Tomaten ... Ich kann auch noch etwas Richtiges machen, wenn ihr wollt.«
»Wenn du ein bißchen Obst hättest? Einen Apfel vielleicht.«
»Philipp?«
»Nichts zu essen für mich, danke. Aber ein Glas Saft oder Milch hätte ich gerne.«
»Obst ist in der Schale, Sophie. Dort, auf dem Bord neben der Duschkabine, es ist schon gewaschen. Wenn du ein Messer brauchst – in der Schublade unter der Kaffeemaschine.« Florian öffnete den Kühlschrank, goß Saft in ein Glas und gab es Philipp. Er zeigte ihnen, wie die Duschkabine funktionierte, legte Handtücher, Seife und Fön bereit und ging mit Philipp ins Wohnzimmer zurück. Sophie duschte.
»Wird es Johannes nicht stören, wenn wir hier übernachten?« Philipp wies auf den Schreibtisch, auf dem eins von Johannes' Flugzeugbüchern aufgeschlagen lag, ein Zettel mit Notizen darunter, seine feine, etwas steile Schrift.
Florian schüttelte den Kopf.
»Er ist ausgegangen, vor morgen früh kommt er nicht zurück, glaube ich. Wenn doch, so hat er bestimmt nichts dagegen.«
Philipp schwieg eine Weile und sagte dann, wobei er an Florian vorbei in das Dunkel des Raums sah, aus dem die Wohnzimmerlampe einen scharfen Lichtkreis schnitt:

»Draußen, auf dem Bild – das Gedicht ist von Chiyo-ni.« Er zögerte.

»Du kannst es lesen?«

»So ziemlich. Wenn sie Haiku schreiben, benutzen sie phonetische Silbenzeichen aus einem besonderen Alphabet, dem Kana. Die Kanji, die sonst üblichen Schriftzeichen, unterscheiden sich davon.«

Florian sah Philipp erstaunt an und verließ seinen Platz vor den Regalen, wo er mit verschränkten Armen gestanden hatte, er spürte, daß dieser große, hellblonde junge Mann vor ihm noch verschreckt war und sich fremd fühlte. Er ließ die Arme sinken und trat ans Fenster, so stand er genau im Punkt zwischen Nähe und Distanz, einer Entfernung, die der andere, so empfand er, ohne lange darüber nachzudenken, als Einladung verstehen konnte, als Brücke zwischen sich und ihm; er öffnete das Fenster, sah Philipps blasse Züge als Spiegelbild in den Fensterscheiben vorübergleiten, spürte die laue Wärme der nach Blüten duftenden Juninacht über sein Gesicht spielen. Hinter ihm sprach Philipp mit leiser Stimme. Er sah aus den Augenwinkeln, daß er dabei die Photographien auf Johannes' Schreibtisch betrachtete: Flieger, Heroen aus den mythischen, großen Anfangsjahren der Luftfahrt, für Johannes Halbgötter einer abenteuerliebenden Kindheit und bewunderte Vorbilder des Erwachsenseins: Lindbergh, Saint-Exupéry, Nobile; Richard Byrd allein in einer Holzhütte, im hellgrünen Firnlicht des Polarwinters, Amelia Earhart, Orville und Wilbur Wright ... Philipps Stimme klang ruhig und leicht monoton, er erzählte lakonisch, mit einem, wie Florian herauszuhören meinte, leicht wegwerfenden Unterton von seinen Japan-Träumen, die er in der Kindheit gehabt hatte, seiner Sammlung von Irije-Reproduktionen, Fächern und Reiseberichten und seinem Entschluß – zum Erstaunen und zur leisen Beunruhigung der Eltern –, Japanistik zu studieren, in Tokio. Sophie kam vom Duschen zurück, und Philipp ging. Florian schenkte Wein aus und zündete Kerzen an. Sophie, das Weinglas in der Hand, ging zum Bücherregal neben der Tür und betrachtete ein Aquarell, das daneben hing. Martin hatte es im vergangenen Sommer gemalt, es hieß *Traum der Bernsteinkönigin*, eine leichte, beschwingte Phantasie über Dresden.

»Wie schwebend alles ist, ganz Empfindung, ganz Traum ... und auf sonderbare Art ist es doch wirklicher als die Wirklichkeit ... wie Musik, wie ein Gedicht ... wunderbar!« Sie lächelte.

»Magst du Gedichte?«

»O ja!« Sie kam wieder an den Tisch und setzte sich ihm gegenüber. »Der Pflaumenblütenzweig/gibt seinen Duft/dem, der ihn brach«, zitierte sie leise. Florian sah sie überrascht an.

»Das ist das Gedicht draußen auf der Zeichnung!«

Sophie strich sich eine Haarsträhne zurück. »In Japan ist es ein berühmtes Haiku.«

»Wintertag:/Auf dem Pferd/gefriert der Schatten«, flüsterte Florian, und Sophie, die zurückgelehnt saß, antwortete ihm: »Kirschblütenwolken,/der Hall der Tempelglocke – ist es/ Ueno? Ist's Asakusa?«

Beide lauschten den Schwingungen nach, der Melodie von Bashos berühmten Gedichten.

Florian schenkte Wein nach, das Kerzenlicht funkelte rot darin. Ein paar Minuten saßen sie schweigend.

»Das Glühwürmchen,/gejagt, flüchtet sich/in den Mond.«

»Von wem ist das, Florian?«

»Ryota«, sagte Philipp von der Tür her, ein Handtuch über die Schulter geworfen, das nasse Haar achtlos zurückgekämmt. Seine Augen leuchteten. Zu dritt sprachen sie Gedichte, nahmen Bilder und Rhythmus der Verse auf, ein Spiel hatte sich zwischen ihnen entzündet und die anfängliche Befangenheit gelöst, Florian schien es, als sei er mit Sophie und Philipp lange schon vertraut. Die Begeisterung färbte ihre Wangen, ließ das Kerzenlicht von ihren enthusiastisch untermalenden Bewegungen flakkern. Wie Frühlingstropfen fielen die Verse in einen kleinen, aus Freude erschaffenen Garten, den sie vor ihren Augen erblühen sahen. Sie wetteiferten mit Gedichten von Basho und Ryota,

Buson und Issa, und es schien, als ob sie durch diesen Garten gehen konnten, in junger Freundschaft und Vertrauen, Spiel und Licht ringsum mit allen Sinnen atmend.
Mit erregt geweiteten Augen liefen Florian und Philipp durch das Zimmer, warfen sich die Gedichte wie leichte Bälle zu, blieben hin und wieder stehen, um zu rezitieren, und ruderten dazu heftig mit den Armen. Ihre Schatten glitten über die Wände, riesengroß.
»Wie zwei Hirschkäfer sehen sie aus, die miteinander ringen, wenn ihr so hin- und herstapft!« Sophie wies auf die Schatten. Spott blitzte in ihren Augen, doch auf einmal wurde sie wieder ernst. Mit leiser Stimme zitierte sie ein Gedicht Yosa Busons, des Poeten und Malers:
»Das Boot vom Festland –/kommt nicht heran, verschwindet wieder/im Dunst.«
Florian setzte sich.
»Die Schritte des Ersehnten –/wie fern sie sind/auf den gefallnen Blättern.« Ihre Stimme zitterte leicht.
Philipp trat ans Fenster und sah hinaus. Sophie saß nun reglos, Lippen und Wangen gerötet, vielleicht vom Wein oder vor Müdigkeit, vielleicht von der Schönheit der Verse. Sie sah zu Boden. Schatten huschten durch den Lichtkreis, Rauchblicke der Zeit; Florian lauschte dem Ticken der alten Uhr an der Wand, Glockenschläge, von Trinitatis vielleicht oder der Garnisonskirche, rannen dunkel und blank herein, ins Schweigen, das aus der Nacht floß und sie umfaßte, als teilten sie das Bewußtsein vieler gemeinsam verlebter Jahre und Ereignisse.
»Ist es/Ueno? Ist's Asakusa?« Sophie löste sich aus ihrer Versunkenheit und sah zu Florian. Sie traten zu Philipp. Viele Fenster waren noch erleuchtet; vom Hof, aus dem *Portugiesischen Café*, hörte man gedämpfte Musik, Stimmengemurmel, verstärkt vom Lachen und Aufpruschen einiger Heimgänger. Dann wurde es so still, daß man einzelne Worte, die auf der Straße gesprochen wurden, verstehen konnte. Neben der Mauer, über dem Durchgang zum Park, brannte die Laterne, die man vor kurzem ange-

bracht hatte, im Lichtkegel tanzten Motten, ein Mann schlug darunter ein Notizbuch auf und schrieb etwas hinein. Kurz darauf war das Klacken hoher Absätze zu hören, unterbrochen hin und wieder von einem schürfenden Geräusch, wenn die Absatzspitze das Pflaster streifte. Eine Frau kam um die Ecke und ging auf den Mann zu. Sie küßten sich leidenschaftlich, wobei sie seinen Kopf in beide Hände nahm und seine Wangen streichelte, während er sie umarmte, Notizbuch und Stift noch in den Händen. Zwischen den Küssen sprachen sie hastig und leise miteinander, vielleicht Worte des Einverständnisses oder des Glücks. Es war kaum kühler geworden. Wind kam auf und trug das Flüstern des Parks heran, die stillen Schleier und Verheißungen der Juninacht, besänftigt und voll Zärtlichkeit wie eine Frau, die liebt und sich geliebt weiß; die Botschaft des Stroms lag darin, des ewigen Fließens und der ewigen Wiederkehr und Sehnsucht, von Ausfahrt und Reise. Der hellgoldene, fast volle Sommermond stand schon hoch, weiche Lichtnadeln zeichneten die dunklen Konturen der Häuser nach.

Schweigend standen sie so wohl eine Viertelstunde, wieder ertönten Glockenschläge. Das Rumpeln von Waggons war zu hören – nicht weit entfernt lag der Neustädter Bahnhof.

»Wie schön das ist«, sagte Sophie leise. Sie stand neben Florian; manchmal, wenn der Wind es wollte, streifte ihr Haar seinen Körper. Sie strich es zurück, er sah ihr Nackenhaar, vom Mondlicht erhellt, flaumig wie Weidenkätzchen; er unterdrückte die Regung, es zu berühren. Er spürte, wie etwas in ihm sich öffnete, wie Wärmeströme sich suchten und vereinigten, er kämpfte dagegen an, indem er unmerklich von ihr abrückte, sich abwandte von ihrem Duft, ihrer Haut.

»Karsten ist vielleicht noch wach und wird mit dem Teleskop hinaufschauen«, murmelte er; sein Blick glitt über die Silberkanten der Dächer in den flimmernden Nachthimmel. Sie nahmen die Unterhaltung wieder auf. Philipp stand gegen die Wand neben dem Fenster gelehnt, sein Gesicht, das dem Sophies auf irritierende Weise ähnelte, war vom Mondlicht erhellt, man sah

jede Regung. Sie sprachen über ihre Eltern, ihre Herkunft, über *Tango Verde*, Florian erzählte lange vom Viertel und seinen Bewohnern, Sophie hatte viele Fragen. Dann schwiegen sie erneut. Es mochte inzwischen gegen Eins sein. Musik wehte von den Fenstern des Hauses gegenüber, die zitronengelb durch das Dunkel leuchteten wie die Kabinen eines Schiffes, auf dem ein Fest im Gange ist, über dem nächtlichen Meer, noch immer kamen Gäste ins *Portugiesische Café*, scholl gedämpftes Gelächter herauf, war die Straße belebt von Liebespaaren und Nachtschwärmern. Tief atmete Florian die Gerüche der Sommernacht ein, die Dunkelheit schien sie geweckt und gelöst zu haben, nun kamen sie herauf wie Boote, die ihrem Hafen schon nahe sind. Der Geruch des Stromes wehte aus der Ferne heran. Unruhe lag darin, Ahnung heller Segel, Namen, in der Kindheit verzaubert und vom Herrn der Reisen und Träume aus dem Vergessen gelöst, dem Flußatem und den kleinen Wellen am Ufer, die den Tag reifen lassen, der nicht mehr die Jugend ist. In windstillen Augenblicken öffnete sich Akazienduft, Spuren von Heugeruch darin, vielleicht hatte man die Elbwiesen gemäht, der Duft von Sophies Haut, von schlafenden Häusern. Philipp legte Sophie sein Jackett um, sie senkte den Kopf. Florian brach das Schweigen. »Gefällt es dir in Dresden?«
»Sehr.« Ihr Gesicht belebte sich. »All die schönen Bauten ... Die Leute, die ich getroffen habe, waren alle so freundlich zu mir, und dieses Haus«, sie zögerte einen Moment, warf einen scheuen Blick auf Florian, »es atmet, es lebt, es hat so etwas wie eine Seele ... man spürt das. Ich spüre das«, fügte sie mit einem entschuldigenden Unterton hinzu, als schäme sie sich ihrer Empfindungen.
»Es spricht zu mir ... Verstehst du?«
Er nickte, ohne sie anzusehen. Er spürte, daß sie ihn betrachtete, sah in den Augenwinkeln, wie sie ihr Weinglas hin und herdrehte. Plötzlich reckte sie ihr Kinn, keck und neugierig zugleich.
»Sag – du arbeitest in einer Buchhandlung? Wo ist die?«
»Möchtest du vorbeikommen? Das würde mich freuen. Vier

Straßen weiter, frag nach dem *Aquarium*, dann findest du es schon. Es ist ein Antiquariat.«

»Ich werde bestimmt kommen, versprochen. Habt ihr auch Noten und Bücher über Musik, und Märchenbücher?«

»Ja. Noten allerdings nicht sehr viele. Sammelst du Märchen? Ich habe viele Märchenbücher bei dir gesehen.«

»Eigentlich nicht. Ich lese sie nur gerne. Habt ihr *Die Wunderblume*?«

»Das kenne ich! Russische Märchen, mit Illustrationen von Gerhard Goßmann ... Ich hab das Buch selber besessen, als ich klein war, hab's aber leider ganz zerfledert. Ich glaube, wir haben es nicht.«

»Schade, das suche ich schon lange!«

Noch eine Weile standen sie am Fenster und plauderten. Sie sprachen ruhig miteinander, über Gedichte, über Musik, sie fragte Florian über seinen Beruf aus und das *Aquarium*, über Emilie und das *Portugiesische Café*, sie sprachen, und es war unerschöpflich und ruhig und vertraut, obwohl sein Herz so laut schlug, daß er glaubte, sie müsse es hören können, wenn sie sich näher zu ihm beugte, wenn er ihre Augen sah und sein Blick ihre hellen Hände streifte, ihre Lippen, ihre Ohrläppchen, in denen je eine Perle schimmerte, wenn ihr Blick abwich zu seinen Händen, seinem Haar. Wenn sie schwiegen, war es sehr still im Zimmer, das Licht flackerte leis, durch das Fenster kehrten die Nachtgeräusche zurück. In solchen Augenblicken hatte er nicht das Empfinden, unbedingt etwas sagen zu müssen. Das Schweigen war angenehm.

Sie wünschten sich gute Nacht. Florian, in seinem Zimmer, lag noch lange wach und dachte an Sophie. Vieles hatte er nicht gefragt, woher sie das Gedicht von Chiyo-ni kannte, ob Philipp und sie Zwillinge seien, weshalb sie nach Dresden gegangen war ... Er drehte sich zur Wand und sah wieder den Moment vor sich, als sie vor ihm gestanden und er das erste Mal die Berührung ihrer Stimme gespürt und ihr Haar gesehen hatte, vom Sonnenlicht in weizenhelles Feuer verwandelt, vor dem Eingang zum *Portugiesischen Café* ... plötzlich öffnete der Bruchteil einer Sekunde alle Zeit, etwas trug ihn davon im Einschlafen, er war ganz leicht.

Sie richteten vor. Johannes, handwerklich geschickter als die anderen, verlegte Elektrokabel, wenn er aus der Klinik gekommen war, reparierte die Duschkabine und den Schwimmermechanismus der Außentoilette. Gemeinsam schliffen sie die Fenster ab und reinigten die beiden völlig verschmutzten Öfen, nahmen die Rohre vorsichtig auseinander (das Rohr des Wohnzimmerofens lief mehrere Meter durch den Korridor, ehe es den Schornstein erreichte), umwickelten sie mit feuchten Tüchern, schafften sie in den Hof, zogen nasse Knebel durch, tapezierten, und scheuerten zum Schluß den ganzen Fußboden ab, bis die Kiefernbohlen die ursprüngliche helle Farbe wiederbekamen und dufteten wie frisch geschlagen. Nora wusch Geschirr, Isabel half Sophie beim Fensterstreichen und -putzen. Nach dem Vorrichten wurden die Möbel aus dem Keller geholt, Martin mit seiner Bärenkraft schleppte allein Küchenschränke und Kartons mit Geschirr, einen schweren Furniertisch, ineinandergestapelte Stühle, während Karsten und Florian das Bücherregal und den Schreibtisch übernahmen, den Kleiderschrank und das sperrige Blumengestell, die in Kisten verstauten Bücher und Noten; Philipp und Tania kümmerten sich um Sophies Pflanzen, hauptsächlich Kakteen, um Sofa, Bettzeug und Kleidung, Saubermachen und Einkaufen.
Am Sonntag wurden sie fertig. Sophie war glücklich, lief mit glänzenden Augen umher, wie es Kinder tun, die staunend sich einer Wirklichkeit vergewissern, die ihnen plötzlich ihre Wünsche erfüllt hat, und berührte alles – Blumen und Kakteen auf dem Gestell, den Schreibtisch mit dem Ikebana-Gesteck darauf, Sessel und Tisch, die Bücher auf dem Regal vor der neuen Tapete, über die sie vorsichtig strich, die beiden Bilder: ein Scherenschnitt von Matisse und eine Ansicht des Fuji, das japanisch zart anmutende Mobile neben der Eingangstür. Sie lachte und

freute sich und lief, noch mit Spritzern weißer Farbe im Gesicht und im Haar, ausgelassen zwischen den anderen hin und her, die von ihrer Freude angesteckt wurden. Dann blieb sie am Fenster stehen und sah schweigend hinaus. Der Wind spielte mit ihrem Haar, die schon sinkende Sonne tauchte es in rötliches Licht, ebenso die nackten Schultern, sie trug nur ein leichtes Hemd, ihre Arme und Hände, die in jeder ihrer Bewegungen Zärtlichkeit verströmten. Der Wind streute Akaziendust und Vorjahreslaub vom Schuppendach auf die Stühle und Tische aus dem *Portugiesischen Café*.

Emilie kam, sah sich um, das gütige Gesicht unter dem weißen Haarkranz leuchtete.

»Ach, mein Kind, all die schönen Farben und Blumen ... Du kannst kein schlechter Mensch sein ... 'n kleener Goldfisch bist du!« sagte sie, trat näher und küßte die vor Verlegenheit puterrot gewordene Sophie schallend und mit vor Rührung feuchten Augen auf die Stirn, zur Erheiterung der anderen, bis Martin sie dröhnend erlöste: »Nudda saach dor eener, de Drähsdnor häddn kee Herze!« Alles lachte, auch Emilie, die Martin noch von der Tür aus mit dem Finger drohte.

»Ohne euch hätte ich es nie so schnell geschafft. Ich danke euch sehr! Wißt ihr, was? Was haltet ihr davon, wenn ich euch zum Essen einlade, für heute abend? Wir machen uns fein und gehen groß aus – sagt ja!« Sophie sah gespannt von einem zum andern. Aber fast alle hatten schon etwas vor.

»Martin?«

»Bin schon bei Sandra eingeladen, in der Galerie ...«

»Ach, schade! Aber Florian, Johannes, ihr habt doch Zeit?«

»Ja ...«

»Dann müßt ihr uns führen!« Schon lachte sie wieder und eilte aus dem Zimmer. Nebenan hörte man sie fröhlich vor sich hinsummen.

Duftend, in guten Kleidern, Johannes trug seinen einzigen Anzug, Sophie ein blaues Abendkleid zu Strohhut mit gelben Bändern, Florian und Philipp Sakko und helle Leinenhosen, machten sie sich auf den Weg. Sie fuhren zur Alaunstraße und dann vor zum Albertplatz. Es machte schmunzeln, wie Philipp sich auf *Pegasus* hielt, Karstens eigenwilligem Rad – steif und aufrecht und mit der vorsichtig tarierenden Hellwachheit eines Velozipedfahrers, der eben noch dabei ist, den Charakter seines Gefährts kennenzulernen. Florian mußte unwillkürlich an die Gentlemen der viktorianischen Schönschrift- und Vergißmeinnicht-Romane denken, wenn er ihn sah, und dabei hüpfte und bockte Karstens widerspenstige Drahtmähre wie ein anarchisches, buntschillerndes Insekt, das nun durch die belebte Straße mit störrischem Eigensinn sauste, der Rahmen leuchtete rapsgelb mit blauen Tupfen, die abenteuerlich gekappten Schutzbleche, die Speichen grasgrün zu feuerroten, riesigen Lampen, und die Reifen schlängelten sich wie Aale. Es war, als ob sie durch eine Straße des Südens fuhren, so empfand es Florian, für den seine Heimatstadt immer schon ein geheimes, in den Norden versprengtes Stück Italien gewesen war – musikalischer, verspielter, lebenslustiger als ihre deutschen Schwestern. Die Menschen saßen vor den Cafés an weißen Tischen, Gesichter und Oberkörper beschienen vom Abendlicht. Florian zeigte Sophie das Kästner-Denkmal, als sie Philipp und Johannes erreichten, die schon vorn am Albertplatz warteten – übereinandergestapelte Bücher aus Bronze mit dem Hut obenauf, Kaffeetasse, Stift und Notizblock davor, es war ein beliebter Treffpunkt für Rendezvous und ebenso anmutig, salopp und volkstümlich wie Kästners Poesie selbst. Sie fuhren zur Hauptstraße, an den aufsteigend ineinandergeschlungenen Leibern der *Stürmischen Wogen* vorbei, einem Brunnen aus bekränzten Tritonen und Meerwesen, deren unterseeischer Streit von einem hohen, flüsternden Grüngürtel umgeben war, aus dem, nicht mehr weit entfernt, die Dreikönigskirche sich erhob. Sophie bat Johannes, ein Photo von ihnen zu machen, sie stellten die Räder ab und setzten sich auf den steinernen Brunnenrand, er dirigierte, wartete, ließ schlendernde Passanten durch, bis Sophie ungeduldig wurde und lachend Wasser in seine Richtung spritzte, gerade als er auf den Auslöser drückte. Sie beschlossen, die Räder stehenzulassen und zu laufen. Philipp trug den Photoapparat, Florian versuchte sich als Cicerone, während Sophie, die Philipps Arm genommen hatte, neugierig nach links und rechts schaute, fragte, unbekümmert plauderte und beinahe vor jedem Haus stehenblieb – da in eine Auslage sah und dort, dieses Schaufenster bewunderte und jenes, so daß sie sich im Zickzackkurs fortbewegten und Johannes Philipp lachend zurief, er sehe an der Seite seiner Schwester wie ein geduldiger, der monatlichen Schur ergeben entgegensehender Ehemann aus, der die liebenswerten Juwelier- und Kleider-Capricen seiner besseren Hälfte resigniert begleichen werde … Philipp stimmte in den Spott ein und photographierte Sophies zwischen Entrüstung und Angriffslust schwankendes Gesicht. Unweit des Kügelgen-Hauses setzten sie sich auf eine Bank, sahen den plaudernden Besuchern unter den weißen Schirmen des Cafés davor zu und schleckten Eis, das Johannes gekauft hatte. Unter den Platanen träumten Licht und Schatten, Florian sah blinzelnd auf: Unwirklich kam ihm der blaue, an den Rändern schon verblassende Himmel vor, die lichtdurchflossenen Kronen der Platanen, daß er auf einer Bank eisessend und glücklich mit zwei Menschen saß, die er vor einer Woche noch gar nicht gekannt hatte. Er erinnerte sich, schon einmal hier gesessen zu haben, auch mit einem Eis in der Hand, mit Kommilitonen; gemeinsam mit Johannes hatte er Medizin in Dresden studiert, das Studium aber abgebrochen, fließend rasch, fast flüchtig, glitten einzelne Bilder vor seinem inneren Auge vorüber – das ewige Lernen, unermeßlich sich dehnende Stoffmassen in foliantschweren Vorlesungsmitschriften, Anspannung und Überreiztheit an den Tagen, an denen Prüfungen in hellen, stillen, nach ledergebundenen Zeitschriftenjahrgängen und Nährböden riechenden Instituten oder in Kliniken stattfanden, wo er und die Kommilitonen seiner Prüfungsgruppe übernächtig-bleich, in schwarzen, feierlichen, unter den Anstrengungen des Lernens viel zu weit gewordenen Anzügen zu weißem Hemd, oder im schwarzen Kostüm auf den Professor gewartet hatten ... Er dachte an Wibke, die von ihnen vieren äußerlich am gelassensten und sichersten geblieben war, an Govert, der vor jeder Prüfung eine halbe Schachtel Zigaretten rauchte, den schweigsamen Clemens, auf dessen Stirn bei jedem Wetter Schweißperlen erschienen, die er kurz vor dem Aufruf mit einem blauen, kölnischwasserbenetzten Seidentuch abtupfte, sah sich selbst in den Augenblicken des Eintretens, wenn die überscharfen Sinne vor Anspannung alles in einer Art halluzinatorischer Wachheit wahrnahmen, sah sich und die anderen beim Platznehmen vor dem Professor, ein Assistent verteilte Bleistifte und Papier und nahm die Prüfungsbögen entgegen, der Professor, meist ein grauhaariger, distinguiert wirkender Herr, fragte nach ihrem Befinden und sah sie mit einer Mischung aus Nachdenklichkeit und Neugier an, als erkenne er sich selbst und seine Kommilitonen in den jungen Menschen vor sich, wie er, vor unausdenklichen Zeiten, in den Epochen legendärer und zugleich gefürchteter Kliniker, selbst vor einem dieser Gewaltigen gesessen und gebangt hatte, dann verschränkte er die Hände, sah ins Licht, stellte die erste Frage und nannte einen Namen ... Vorbei, vorbei. Florian schloß für einen Moment die Augen. Schwermut wehte ihn an, er blickte nach oben, in die Lichtmuster der Platanenkronen. Die Trübung verschwand, wie sie gekommen war. Er nahm Johannes im Halbschatten wahr, spürte Sophie neben sich, den zarten, angenehmen Duft ihrer Haut, sah auf ihre spielerisch wippenden Sandaletten neben seinen lackschwarzen Konzertschuhen, auf denen, Florian mußte lächeln, als er es bemerkte, noch ein Rest weißer Farbe klebte, von einem Zusammenprall mit einem Farbeimer im Flur des Mikrobiologischen Instituts, damals, gegen Ende des dritten Studienjahrs an einem glühheißen Tag im August; Clemens hatte ihm das Seidentaschentuch gegeben, damit er rasch das Gröbste von Hosenaufschlag und Schuhen wischen konnte, während Wibke und Govert danebenstanden und Tränen lachten, völlig überreizt ... Wibke und Govert hatten geheiratet und arbeiteten nun in Norwegen ...

Sophie wollte weiter, sie standen auf. Mit dem Photoapparat in der Hand lief sie voraus, richtete ihn auf eine Staude Luftballons, von der ein Mann die bunten Schwerelosigkeiten pflückte, zur Freude sich drängender Kinder, auf die kleinen, barocken Häuser, die wie ein leutseliger Hofstaat dem Treiben zuzusehen schienen, auf Johannes und Florian, die ihr winkten und dabei Grimassen schnitten. Von den Platanenstämmen schälte sich die Rinde in großen Stücken. Philipp hob eines auf und erklärte, bevor er es in einen Papierkorb warf, daß es Morgenländische Platanen seien, er fragte nach Kügelgen, den niemand eigentlich kannte und nickte noch immer mit dem Kopf, als Florian nach dem wenigen, was ihm zur Dresdner Romantik und den Ausstellungsstücken im Museum einfiel, schon wieder schwieg, rieb sich nachdenklich die Wangen, legte die Hände auf den Rücken. Sophie wartete bei einem Akkordeonspieler, der auf dem lichtgesprenkelten Rasen am Ende der Platanenreihe stand, und gemeinsam hörten sie seinen Liedern zu, die er mit Verve und Lachfältchen um die Augen und inbrünstig zurückgelehntem Körper vortrug, ohne jemanden der im Umkreis Lauschenden anzusehen. Wiegend und leicht mit dem Fuß den Takt stampfend, die Mütze weit aus der Stirn geschoben, einen kleinen Karton für die Münzen vor sich, sang er von Frauen namens Marielle und Inés, die ihm untreu geworden waren, der sie über alles liebte, jede für sich und auf ihre besondere Weise, und der in der Fremde sein Brot verdienen mußte – das Leben, das Leben ... er breitete die Arme und schloß die Augen gegen die Sonne, wenn er geendigt hatte und sich verbeugte. Dann stimmte er von neuem an und sang mit seinem weichen Bariton – das Leben, das Leben, perlmuttglitzernde Läufe verzauberten die Gesichter der Umstehenden, weckten ein Lächeln ... nun sang er von Dresden und von den schönen sächsischen Frauen, beugte sich zu Sophie hin, war schon bei den Reisen und dem Geruch der Abende in Hafenstädten, als sie immer noch wie mit Blut übergossen stand, schließlich aber lachte und in den Refrain mit einstimmte, der zündend unter den Zuhörern tanzte

wie das Sonnenlicht auf dem nahen Goldenen Reiter, auch Florian und Johannes fielen ein.
Sie hatten es nicht eilig. Drüben, am anderen Ufer, leuchteten die Kuppeln der Hofkirche und des Hausmannturms. In der Mitte der Augustusbrücke blieben sie in einer der schwarzsandsteinernen Nischen stehen und sahen auf den Fluß, Sophie hatte vom Film nichts mehr übriggelassen und gab den Apparat Philipp zurück. Florian stützte das Kinn in die Hände und gab sich dem Atem des Stroms hin, seinen Gerüchen und Geräuschen. Wie in der Kindheit war plötzlich wieder alles groß und geheimnisvoll, rührten ihn die Erscheinungen an, die in Wahrheit Träume sind, wie damals empfand er die Dinge und das Wunder des Lebendigseins als Geschenk. Als bedürfe es Phasen intensiver, fast erschöpfender Anstrengung, um den Blick wieder zu öffnen für das Unangestrengte, das staunende Schauen, als bedürfe es des Dunkels für das Licht, der Durchkostung des Schwierigsten, um des ganz Einfachen in seiner Schönheit und Wahrheit wieder teilhaftig zu werden – so empfand er, als er mit seinen Blicken den Fluß und die Stadt umfaßte, die vor ihm gebreitet lag, in der beginnenden Dämmerung. Neben ihm stand Sophie, er dachte nicht nach über sie, sah nur einzelne Szenen der vergangenen Tage innerlich vorüberziehen, und es erschien ihm sonderbar, daß aus der flirrenden Raschheit der Erinnerungen einzelne Ereignisse mit überdeutlichen Konturen auftauchten, zeitlupenhaft: der Schwung ihres Haars in einem Augenblick, eine Handbewegung, die Wölbung ihrer Brust beim Vornüberbeugen, ihre Haltung beim Zureichen eines Werkzeugs. Fast unmittelbar jedoch, und er war überrascht, daß es ihn kaum verwirrte, wie ruhig es ihn ließ, wurden die Bilder unwichtig vor Ahnungen und Gefühlen, die ihn unklar und vielfältig bestürmten, vor der in ihm zerbrechenden Oberfläche der Wirklichkeit, deren Scherben in kaum faßbare Tiefen fielen; Worte, geblendet von Helligkeit, sahen ihnen nach wie betroffene Forscher, die soeben unersetzbare Teile ihrer Ausrüstung verloren haben. Es gab Augenblicke, durch die er hindurchzuge-

hen meinte mit einem Bewußtsein seines Körpers, das schneller als die Zeit war, die es dann, wenn sie es einholte, besonders berührte, in einer Art von Spiegelung und Preisgabe ihrer verborgeneren Strukturen, ihrer Räumlichkeit – da war das Betrachtete, der Betrachter und der zugleich beide Erkennende, eine so seltsame Entäußerung, als ob man mit wachsender Erfahrung immer wieder eine bestimmte Epoche des Lebens zu durchlaufen imstande, als ob die Zeit eine Künstlerin sei, die es liebte, ihre Geschöpfe hin und wieder sich selbst betrachten zu lassen. Er schloß für einen Moment die Augen. Der Sandstein war rauh und warm, vertraut. Florian sah Sophies Hand, den schmalen Ring mit zwei winzigen, tropfenförmigen Perlen darin, jeweils eine Perle auch in ihren Ohrläppchen, schimmernd unter honigblondem Haar. Hinter ihnen schwebte eine Straßenbahn in Richtung Schloßplatz, überquerte den Kamm der leicht gewölbten Brücke, die gleißenden Schienen verflüssigten sich wellig in der Entfernung, schmolzen die zart skizzierten Geometrien der Fahrleitungen. Dann, als er stromauf nach Osten sah, das bewimpelte Schauspiel des Stroms, der aus den schon rauchblauen Loschwitzhöhen in weitem Bogen heranfloß, mit verblaßten Konturen in der Ferne, hinter der Carolabrücke, über die, wie unablässig an denselben Magnetlinien entlanglaufende Gedanken, die Autos in abbruchloser Kette fuhren, das Schauspiel der Majestät und weithintragenden Kraft des Stroms, bevor, aus der langsam dunkelnden Erde, die Abendrose blühen würde. Stimmen der Kindheit – Blut, das in den Herzkammern der Erinnerung fließt, Flügel von Träumen in der Nacht ... Als er den Blick senkte zu den Dampfern, die von Pillnitz heimkehrten und aus der Sächsischen Schweiz, sah er seinen Vater wieder, es war nicht Philipp, der auf der Brüstung saß, die schmalen Schultern der Elbe zugekehrt, gedankenverloren mit den Schuhen wippend, den Arm auf den rissigen Sandstein gestützt. In seiner Erinnerung verwandelte Philipp sich in den Vater, und er selbst war wieder so klein wie damals in jenen Sommern, als sie Ausflüge unternommen hatten wie die hellgekleideten Dampfer-

Passagiere unten, die nun ausstiegen und den hungrigen Möwen von ihrem Proviant gaben; die Brüstung war eine hohe Wehr und der Vater in einer anderen Welt, das blasse Gesicht von anderen Sonnenstrahlen beschienen, im fast schwarzen Haar ein anderer ruhig fächelnder Wind, und er sah sich selbst neben sich stehen, einen kleinen Jungen von sieben oder acht Jahren, eine Spielzeugschere in der Hand oder einen Luftballon, den er träumend eben hatte davonschweben lassen, über den Fluß und die Sonnenspiele, zur Brühlschen Terrasse hin, hinauf zu den Wolken. Doch indem die Dampfer sich leerten und dann sanft schwojend an den Pontons lagen, auf den Oberdecks weißbeschürzte Kellner Stühle an die grünen Tische lehnten, verschob sich das allzu idyllische Bild, die Brücke füllte sich mit dem Schweigen vieler demonstrierender Menschen, mit Plakaten und dem Furcht und Verzagtheit niederkämpfenden Enthusiasmus des neunundachtziger Oktober, seine Familie und er selbst unter den vielen, in deren Augen neue Hoffnung glomm, unbeirrbar von den Militärgrünen mit ihren Hunden und Schlagstöcken und der Anspannung; sie gingen, als sei die Luft eine Reibefläche und sie selbst, ihr hunderttausendfacher Mut, ihre stummen Gedanken der Zündstoff. Es schien länger zurückzuliegen als die tatsächliche Zahl von Jahren. Wieder das Geheimnis der Zeit … Tief sog er den Geruch des Stroms ein, in den sich leise der Duft von Sophies Haar mischte, nach Sommer und Blumen, und dann hörte er die Sirenen der Schiffe, der Schlepper, die aus dem Böhmischen kamen und der barocken Silhouette ihren schwarzen Gruß entboten, als sie unter der Carolabrücke auftauchten. Mit ihren wulstigen Bugen pflügten sie die brikettdunkle Flut, die glänzend und spielerisch bewegt vor den Ausläufern der Höhen lag, unter den Brücken, am steinernen Bogen des Terrassenufers, sie glitten langsam näher, Gischt lief in schaumigen Kämmen von ihren Flanken, zerstreute sich zu Flockenkronen, die auf zitternden Wellenfächern den Ufern zutrieben, dann blitzte die Linie hin, eine schmale Fläche, auf der der Strom ihre Anwesenheit zu bemerken schien,

wo er sie, Barren aus Graphit, in metallischen Sog und Schwerelosigkeit nahm, durch die rußigen Wölbungen der Augustusbrücke hindurch stromab nach Nordwesten, in die glimmende Körnung des Abendlichts und eine fließend verdichtete Scholle kompakten Glanzes, die Messinghaut des Stroms.
Im Restaurant auf dem Theaterkahn bestellte Sophie nach ihren Wünschen; sie entschieden sich für Steinbutt und weißen Hermitage. Draußen brach die Dunkelheit herein, die Kugellaternen auf dem Theaterplatz flammten auf, die Hofkirche erstrahlte eisgrün, kupferrot die Haube des Schloßturms.
Florian saß Sophie gegenüber. Geplauder erfüllte den Raum, leise Musik und gedämpftes Licht, das weichgoldenen Schimmer über die nackten Schultern der Frauen goß, im rauchigen Weiß der Tische schmolz, die Züge der Männer entspannte. In den Kristallvasen auf den Tischen schwebten Rosen. Kellner glitten mit weichen und geschmeidigen Bewegungen auf den Bahnen angedeuteter Wünsche, beugten sich zu glänzenden Wangen und ruhig vortragenden Mündern, nahmen die Annäherung knapp zurück, wenn die Bestellung beendet war, und entfernten sich, ohne zu notieren, das weiße Tuch steif und kreidig über dem angewinkelten Arm. Fischbesteck wurde aufgelegt, der Wein gebracht, Philipp schenkte ein, sie stießen an und tranken. Behaglich zurückgelehnt, unterhielten sie sich mit der schweifenden Neugier der Jugend. Sophie verflocht die Hände und stützte das Kinn darauf, sah Florian an, der nach einer Weile auswich und beim Sprechen mehr nach draußen als ihr in die Augen sah, auf die Rose zwischen ihnen, Philipp, das Spiel ihres Kleids, wenn sie sich bewegte, auf das mandelgroße Geigermal an ihrem Hals. Kaum Armeslänge war sie von ihm entfernt. Er stockte, als er begann, sich selbst beim Sprechen zuzusehen, mit Philipps und Sophies Augen, er verlor die Worte, weil nicht eigentlich sie wichtig waren – ihn verunsicherte ein Gedanke, der ihm mitten im Sprechen über andere Dinge gekommen war: Daß Philipp ihn plötzlich mit den Augen ihres Freundes ansehen könnte … Er stockte und hatte das Empfinden, in

ein Spiegelkabinett geraten zu sein, wo sich die eine Person, die man nach außen hin ist, in Dutzende Figuren teilt, von denen einige mehr, andere weniger gefallen, ohne daß man weiß, welche von ihnen vom unsichtbaren Beobachter, dem ein großer Teil der Handlungen und Gespräche einsamer Menschen gilt, ebenfalls wahrgenommen werden, und einerseits mußte er innerlich lächeln über seine Eitelkeit, die ihm all die Fehler und Auffälligkeiten seines, wie er glaubte, nicht sonderlich anziehenden Gesichts zeigte, andererseits war er dennoch befangen und wagte nicht mehr als schüchtern streifende Blicke. Sophie erzählte von Japan und ihrer Kindheit, nun konnte er sie länger ansehen, obwohl er in einem Zwiespalt war, aufdringlich zu wirken, wenn er es zu lange und unverhohlen tat, oder unhöflich, wenn zu flüchtig; schließlich wagte er das scheue Beisammensein mit ihren Augen, wie jemand, der nichts hat und auch weiß, daß er nichts bekommen wird außer Worten, und wenigstens mit ihnen die Speicher füllt, für stumme Tage. Die Rose verströmte schwachen Duft. Sophie bog die Blüte sacht zu sich und roch daran, dann erzählte sie weiter. Ihre Linke mit dem Perlenring lag auf dem Tischtuch, sie bewegte sie kaum, hob die Rechte, wenn sie etwas besonders anschaulich machen wollte, die Kunst des Tee-Einschenkens etwa oder die Form bizarr verschnittener Hecken in Tempelgärten. Sie sprach mit leuchtenden Augen und einer Art von kindlichem Zutrauen, als Johannes und Florian spürbares Interesse zeigten und immer mehr Fragen stellten, bis es ein erfreutes und völlig unbefangenes Plaudern zwischen ihnen war, ein Entdecken von Gemeinsamkeiten, die viel zu weitflächig waren für die kurze Spanne dieses Abends, so daß nur ein lächelndes, auf später verschiebendes Andeuten blieb. Fremde, seltsame Welt ... Florian ließ sich verzaubern, von Japan-Erinnerungen davontragen, lauschte den Beschwörungen, den bayerisch rollenden »r«, der Melodie der Worte, und gab sich dem berückenden Feinklang der Farben in Sophies Stimme hin. Ihre Lippen schienen die Worte zu umspielen, schimmerten kirschrot vom genossenen Wein, immer wieder glitt sein Blick von ihren Wangen, der Schwingung ihres Haars, ihren Händen zum Blutandrang ihrer perlengeschmückten Ohrläppchen. Philipp neben ihr, nachdenklich, die Augen in Fernen, sprach ruhig und mit sparsamen Bewegungen. Sie erzählten von Tokio ... Ringsum schleiernd ununterscheidbares Gespräch, Musik, die gesättigte dunkle und blitzende Eleganz an den Tischen verfloß, entrückte, sie nahmen es wahr, als befänden sie sich in dem Zustand zwischen zwei Träumen und seien dabei, von einem in den anderen zu gehen, die Lichter wurden schärfer und bunter, ein Regenbogen der Zeichen an den Flanken dunkler Glaspaläste, und sie gerieten, winzige Blutkörperchen, in die ungeheuren, taghellen Strömungen der Millionenstadt. Durch Raum und Zeit gehen zu können, war immer einer von Florians größten Wünschen gewesen, er lächelte, als er sah, daß er es konnte. Tokio, eine riesige, glitzernde Spinne, spann unablässig ihr Netz, und daran hingen, wie schillernde Tautropfen, lockende und zugleich gefährliche Verheißungen ... Rote Schmetterlinge waren die Blütenblätter der Rose, sie entschwanden, als stilles Licht sie berührte, und übrig blieb das Weiß einer Chrysantheme in einem Raum mit Lackmasken und Holzschnitten an den Wänden, mit Tatami-Matten und einem niedrigen Tisch, in den ein Perlmuttdrache eingelassen war. Sophie bedauerte, keine Photos dabeizuhaben, aber sie beschrieb genau und anschaulich, so daß sie sich alles vorstellen konnten. Ausflüge nach Kyoto und Osaka, eine Winterfahrt hinauf nach Sapporo, Sophie lernte Skifahren in einer Gruppe kleiner, mandeläugiger Japanerinnen, die Eltern nahmen Philipp und sie zu einem Maler mit, der in einem winzigen Dorf inmitten von Schneefeldern lebte; sie erinnerte sich lebhaft an die Einzelheiten des Hauses, an die kleine, im Hintergrund bleibende Frau, den fast ebenso kleinen, ziegenbärtigen, gebückten Mann, den Fluß der fremden, japanischen Worte zwischen den Erwachsenen, erinnerte sich, wie ihre Eltern dann, aus einem Stapel von Blättern, schweigend ausgewählt hatten mit rauchendem Atem. Zu den bleibenden Kindheitseindrücken zählte auch die alljährlich unternommene Reise ans Meer, wenngleich sie hier öfter zögerte und nach Worten suchte, denn hauptsächlich war ihr, wie sie es schilderte, Atmosphärisches im Gedächtnis geblieben, die Gestalt von Wolken über einer Bucht, Rufe von Fischerbooten, Netze, die tropfend eingeholt wurden, das sonnengebleichte Haar ihrer Mutter, im Wind wehend; Philipp, drei Jahre älter als Sophie, ergänzte manches. Inseln im Süden Japans … Der Akan-See auf Hokkaido, flammendes Ahornrot vor dem Smaragdgrün eines Bambuswaldes im Herbst, der Izumo-Schrein auf der Halbinsel Shimane, ein Sonnenaufgang auf dem Fuji-san … Florian sah die Fünkchen in ihren Augen und hätte ihr gern gesagt, wie schön sie war, Sehnsucht erfaßte ihn, und noch immer war er dort, wo Sophie ihre Kindheit verbracht hatte, als der Kellner eine neue Flasche Wein und den Steinbutt brachte, noch immer, als er das zarte, leicht nussig schmeckende Filet schon im Mund zergehen spürte, waren die Stimmen um ihn entrückt und er im Zauber gefangen, waren die Laternen draußen kleine Kupfermonde, tanzende Lampions in einer Gasse von Yokohama und auf heimkehrenden Schiffen, war das Licht das Licht brennender Kerzen, die zum Bon-Fest die Flüsse hinabtrieben.

Als sie nach Hause gingen, angesteckt von Sophies Fröhlichkeit, beschwingt vom guten Essen und vom Wein, versuchten sie, sich an das Lied des Akkordeonspielers zu erinnern, das Leben, das Leben … Sie sangen zu den schlafenden Dampfern auf dem Strom und zur hellerleuchteten Sekundogenitur hinüber, zum Himmel, an dem das große Sommerdreieck stand, im Osten Perseus und Andromeda, im Norden das *W* der Cassiopeia … Johannes reichte ihnen die Hände, sie rannten, bis sie vor Lachen nicht mehr weiterkonnten, riefen ihre Freude mit Worten hinaus, die ihnen gerade in den Sinn kamen, reimten übermütig:

»Haspel!« rief Johannes etwa und wirbelte sein Jackett herum.

»Paspel!« rief Sophie.

»Seht ihr die Häuser?« brüllte Philipp.

»Und auch die Höfe!« brüllte Florian zurück.

»Häuser-Höfe: Das reimt sich nicht! Florian, du hast verloren, du mußt ein Lied singen!« Sophie lachte.
»Doch, Sophie, das ist ein Stabreim ...«
»Stabreim? Das gilt nicht!«
Er stieg auf eine Bank und sang *Hoch auf dem gelben Wagen*; die anderen stimmten ein, und *Innsbruck, ich muß dich lassen,* dies allein mit seinem sicheren Bariton, und dann, die Melodie erfand er selbst, *Bei einem Wirte wundermild* von Uhland, sang voller Inbrunst und breitete die Arme wie ein italienischer Belcanto-Sänger ... Noch einmal das Lied des Akkordeonspielers, Philipp ahmte die Läufe des Instruments nach, Sophie begleitete mit ihrem Sopran, sie radelten nach Hause, die ganze Breite der Straßen nutzend, sangen und lachten, sie waren jung, und das Leben war schön ...

Bald darauf reiste Philipp ab. Sophie spielte etwas für ihn zum Abschied, eine Melodie von *Tango Verde*, sie hatten fleißig geprobt in den vergangenen Tagen.
»Ich habe Sophie lange nicht mehr so fröhlich gesehen«, sagte er leise zu Florian, als er seine Sachen auf den Lastwagen geladen hatte. »Ich danke euch für alles. Es waren schöne Tage.« Tania kam aus dem *Portugiesischen Café* und brachte noch etwas Proviant.
»Auf Wiedersehen, gute Reise!« Sie winkten und sahen dem alten Wagen nach, der langsam davonfuhr. Sophie stand neben Johannes, Florian sah zu ihr hin, der Wind spielte mit ihrem Haar.

Sommertage, helle Reisende, Karavellen unter blauen Himmelssegeln, die Federn des Sonnenvogels, die herabfielen und zu Märchen wurden auf den Gesichtern der Kinder, so daß ihre verwandelten Augen Elefanten im Park entdeckten und indische Tiger – dort, wo der Bey von Tunis wohnte ... auf ihren Dreirädern und Tretautos kehrten sie lärmend zu ihren Müttern zurück, weil sie im Vorjahreslaub einen Schatz entdeckt hatten ...

Sommertage, und die perlmutternen Lockungen von Arndts Bandoneon, wenn es von Capri und Neapel sprach, von Ischia und den meerumschäumten Wegen hinauf zum Blumenhaus, wo eine schöne Frau wohnte ... Blaßblaue Inseln am Abend, schlafende Urtiere, heimkehrende Boote, Sommertage wie die tanzenden Bogenstriche Sophies und Isabels ...

Nora fragte nach Licht und Schatten, nach flüsterndem Laub und den Farben der Tage, manchmal tastete sie nach einem der Blütendinge, die von den Linden und Akazien herabschwebten, und wollte von Florian wissen, wie er aussähe, der kaum spürbare Zauber ... und er beschrieb, so gut er konnte. Nora orientierte sich an der Sonne und an der facettenhaft wechselnden Wärme, den Ecken und Häusermauern, und niemand, der sie nicht kannte, hätte aus ihrem leichten und zielsicheren Schritt, dem nur momenthaften Zögern geschlossen, daß die Sonne für sie, für ihre schönen, tiefblauen Augen, nur ein wechselndes Muster von Wärmeberührungen war.

Sie liebte die Stunden, in denen Florian Gedichte sprach, am Lissabon-Tisch des *Portugiesischen Cafés* oder, an lauen Sommerabenden, draußen im Hof an einem der Tische, wenn die Windlichter flackerten und über die Gesichter der Lauschenden unstete Schatten warfen. Sie kam und ging wie die Erinnerung an die stillen, für sie beredten Dinge, die sie liebte, eine von Martin geschaffene Figur, Florians Gedichte, in eine Klemmappe geheftet, über die sie ehrfürchtig strich, bevor sie sie öffnete und mit leiser Stimme sprach, was sie längst auswendig wußte, die schattenhaften und halb träumerischen Gegenstände in *Cook's Basar*. Oft ging sie nach der Arbeit dorthin, Holetschek und Martin begrüßten sie und ließen sie dann tun und berühren, was sie wollte – man hörte sie nicht, sie bewegte sich völlig vertraut zwischen den von bräunlichgoldenem Staublicht überstrichenen Regalen, alten, düsteren Schränken und Nischen des Kellergewölbes, auch die wertvollsten Stücke durfte sie herausnehmen, denn sie behandelte sie mit größerer Zartheit und

Nachsicht als Holetschek selbst es tat. Manchmal ging sie vorher erst ins *Aquarium* und sagte Florian leise ihren Wunsch, er möge doch mit ihr *Cook's Basar* besuchen und ihr die Dinge erzählen, die ihre Hände, ihre Nase, ihr Ohr sahen, sie sagte *die Dinge erzählen*.

Holetschek fragte stets, wenn Florian kam, nach Bruno Korras Ergehen, obgleich er es von Martin schon wusste, mit etwas hochgezogenen Brauen und einem Blick, der zwischen Spott und zuvorkommender Undurchsichtigkeit schwankte (Emilies wegen), dabei nahm er die Zigarre nicht aus dem Mund, der beinahe unter dem buschigen Schnauzbart verschwand. Während Nora schon stöbern ging, erzählte Florian von Kundschaft und Graphiken der *Vor-1900*-Abteilung, in der Korra tagsüber saß und beim Ticken einer altmodischen Stutzuhr neben Geschäftsberichten, Briefen und Beschreibungen Expertisen für seine Kunden in der Ferne schrieb, oft war dies über Stunden das einzige Geräusch: das Eintauchen der *Soennecken*-Stahlfeder in das Faß mit rostig gewordener Gallapfeltinte, das Abstreifen am fleckigen und von Tintenresten schillernden Rand des Fasses, Korras schnaufender Atem und, von Zeit zu Zeit, das kratzige Giemen seiner Tabakspfeife. Holetschek hörte zu, bedächtig seinen Bart streichend, auf die Vitrine mit den Taschenuhren und Ehrenzeichen vergangener Kriege gestützt, dabei hielt er den Kopf leicht schräggeneigt, nichts ließ sich den wäßrigen blauen Augen entnehmen, nicht einmal Interesse, keine Regung, kein Ausdruck, die Spitze seiner *Elegantes maduro* war ein Zylinder aus feiner Asche, breit wie Holetscheks wulstige Finger, denen niemand die Noblesse und sichere Sensibilität zutraute, mit denen sie zerbrechlichste Ware behandelten. Dann folgte Florian Nora, stieg die Wendeltreppe hinab, die, auf einem breiten Sims, von wunderbaren Gegenständen gesäumt war: Hüten in Schachteln aus Zedernholz oder Leder, bunt bemalten Kalebassen, schwarzweißen Familienphotos in fleckigen Silberrahmen, Lauten mit gesprungenen Saiten, einem *Weltmeister*-

Akkordeon, Kuckucksuhren, die auf dem Simsstück, das schon ins Kellergewölbe vorragte, einträchtig tickten, wie sie wollten. Oben war Holetscheks Reich, unten Martins; unten standen die lichteren Dinge, obwohl oder gerade weil es dunkler war: Aufsätze aus Porzellan und Glas, Figurinen, die in Lichtfingern und Stille zu schweben schienen, Bowlen-Terrinen längst vergangener Silvester, ins alte Kristall waren Blumen eingeschliffen, Photoapparate lagen in einem eigenen Regal dem Tisch gegenüber, an dem Martin bei einer Lampe saß und zeichnete, wenn kein Kunde kam: Puppen-Pierrots, die in der Stille lächelten und sie mit blumenhaften Fingern berührten, lebensgroße, in brüchig gewordene Kostüme gekleidete Maskenträgerinnen; er zeichnete Nora, die zwischen ihnen umherging, hier Stoff befühlte, dort der Kontur eines Porzellangesichts nachspürte oder ein altes Kleid probierend vorhielt, dann ihn oder Florian nach einem Urteil fragte, und manchmal reichte Florian ihr dann die Hand, um die Anfänge eines Tanzes zu versuchen. Nora war leicht wie ein Duft. Für Florian war das Schönste ein Kirschholzschrank – hinter der Glastür dämmerten Pappkartons, bis zum Rand gefüllt mit Taschenmessern, Füllfederhaltern und Dingen, denen der Gegenstand ihres Gebrauchs abhanden gekommen war und die, so schien es ihm, in leis trauriger Befremdung über die sonderbar und unverständlich gewordene Welt in ihren Schachteln lagen: Monokelfutterale, Zungenkratzer, Muskatnußtaschenreiben, Gambenstachel. Solange er vor diesem Schrank stand und die Dinge darin betrachtete, ging Nora zu den Herbarien und Figurinen, die ihre Hände ihr besser erklärten als Florians Mund, sie wußte, daß er eine ganze Weile vor einem solchen Karton voller Messer oder Füllfederhalter stehen, sie bestaunen und kennerisch in die Hand nehmen würde, diese eleganten, alten, ausgetrockneten Tintenfische, deren Goldschuppen-Federn sich an Kontorrechnungen, heimlichen Tagebüchern oder Roman-Manuskripten abgenutzt haben mochten. Stille füllte den Raum, nur Holetschek, der etwas mit Kunden besprach, war von oben undeutlich zu hören.

An den Nachmittagen, wenn die Dämmerung sich ankündigte, aber noch nicht eigentlich da war, sondern im Licht nur die Erinnerung an sie aus dem Ungreifbaren hervortrat, ein plötzlich Dunkleres in der durchgoldeten Kristallflut, verwandelten sich die Dächer des Viertels in kehlige Schiffsleiber, manche Mansarden wirkten wie die emporgebogenen Achterdecks mittelalterlicher Koggen, die der Abendburgunder nicht erreichen würde, manche hatten im Wind spielende Fenster, durchsichtige Segel, gefüllt von den Schritten in der Tiefe, den Stimmen und vielfältigen Strömungen. In den Nächten würde die Zeit der weithintragenden Geschichten sein, und immer, wenn Florian Martin besuchte, hörte er ihr Geflüster im Treppenflur, von den Tischen im Hof, an denen nachmittags die hellgekleideten Damen, die Schachspieler und die bücherlesenden Philosophen saßen. Vor Sophies Tür herrschte andere Farbe, hier blühte anderes, noch ungestilltes Licht, und Florian blieb oft lange stehen, bevor er aufschloß, ans Geländer gelehnt, den lachsroten Blütenstern der Clivia betrachtend, die auf dem Fensterbrett vor den Toiletten stand, eine halbe Treppe tiefer, und er hielt den Atem an dabei, um besser hören zu können, denn es war alles noch zu frisch und zu laut, die Stimmen hatten erst begonnen, sich zu senken: dorthin, wo der Erinnerungsort, der bleibende, ist …

Noch immer waren sie befangen, wenn sie sich begegneten.

»Wie geht es dir?« fragte Sophie etwa.

»Gut. Und dir?«

»Auch.« Sie zögerte, strich sich durchs Haar. Plötzlich hellte sich ihr Gesicht auf.

»Sieh, was ich mitgebracht habe.« Sie zeigte ihm einen versteinerten Seestern. »Es gibt einen Stand am Fürstenzug. Ist das nicht hübsch?«

»Oh ja, sehr.« Vorsichtig befühlte er den Seestern, gab ihn behutsam zurück.

»Dort gibt es noch mehr: versteinerte Schnecken und Ammonshörner und aus Malachit geschnittene Eulen … Viel Geld müßte man haben.« Ein Lächeln glitt über ihre Züge. »Ach, ich hätte tausend Wünsche …« Eine Pause entstand. Er wich ihrem Blick aus. Sie zögerte wieder. »Was machst du so?« Sie trug das Haar nun immer zu einem losen Zopf geflochten, der nach vorn über die Schulter fiel, ein grünes Samtband hielt ihn zusammen, über der leis atmenden Wölbung ihrer Brust. Wenn Sophie wie jetzt vor ihm stand oder sie sich auf der Treppe begegneten, ging sein Blick von ihren bernsteinbraunen Augen immer wieder zu den schwebenden, hell glimmenden Strähnen, die sich aus dem Zopf gelöst hatten, zu den Sommersprossen auf ihrer Nase, ihren Lippen.

»Ich lese, gehe im Wald spazieren, höre Musik …«

»Du siehst blaß aus.«

»Hab die ganze Nacht gelesen. Faulkner.«

»Ist er gut?«

»Und wie. Erst hatte ich ein Buch, vor Jahren hat es mir einmal jemand geschenkt. Ich hatte nie Zeit, das heißt … eigentlich nie die rechte Lust dazu. Jetzt hab' ich es gelesen, und weißt du was?« Verlegen rieb er sein Kinn. »Danach habe ich mir aus dem *Aquarium* alles mitgenommen, was wir von ihm dahatten, zehn Bücher.«

Solcherart waren ihre Gespräche.

Sie übte bis in die Abendstunden, und wenn er konnte, hörte er ihr zu. Nur eine dünne Wand trennte ihr Wohnzimmer von der kleinen Kammer, in der er schlief. Er lag auf dem Bett und lauschte mit geschlossenen Augen. Sie begann nicht sofort mit dem eigentlichen Stück, sondern spielte sich erst ein: Paganini, Takte aus dem Tschaikowski-Violinkonzert, ein Satz aus einer Ysaÿe-Sonate, Motive aus Opern und Streichquartetten, und er freute sich, wenn er etwas erkannte und den ineinandergleitenden Themen folgen konnte.

»Schön hast du heute gespielt!« sagte er einmal zu ihr, als er sie auf der Treppe traf. »Diese Ysaÿe-Sonate mag ich sehr. Er hat sie Jacques Thibaut gewidmet, nicht wahr? Obsession …«

Sie lachte.

»Du hörst mir zu?«

»Und ob!«
»Sag, woher kennst du dieses Stück?«
»Hab's auf CD. Mit Frank Peter Zimmermann ...«
»Oh, der ist toll ... Und du magst es?«
Er senkte den Kopf. Dieses Stück, diese Sonate –
... der stäubende Purpur des Todes darin. Das Scharlachrot eines Kleides, eine Frau, die vorzeitig den Saal verließ. Heranreifende Abende in der Auvergne, Schwermut, Disteln, allein gegen die Sonne, die steinigen Felder ...
ich erinnere mich an das Lächeln eines Kabuki-Spielers in Yokohama, das unirdische Grün von Haselnußblättern im Gegenlicht eines Augustmorgens, an den Geiger in Marseille, der lächelte und vom Tod sang auf seinem spröden Instrument ...
stäubender Flug des Todespurpurs. Die dicken, fleischigen Hände des Mannes, das Stiergesicht, die Augen in Fett, der Nakken wulstig über dem Jackettkragen, Konzertsäle in öligem Licht, die Einsamkeit vor der leis atmenden Menge, die Verlorenheit ins Andre des Spiels, nichts trägt, nichts hält als die Musik, das, wofür du angetreten ...
ein dicker Mann, der soff und fraß und kopulierte, der spielte wie ein Gott und lachte, wenn der rote Wein die Mundwinkel hinabrann, den weißen Kragen tränkte, die haarige Brust, der das leere Glas hinter sich warf und mit fettigen Händen das schwarze Haar aus der Stirn strich, die Virtuosenlocken ...
ein dicker Mann, der spielte, wenn er spielen mußte, nachts, tags; die vielen Schiffe, die vielen Städte, Konzertsäle, und immer Menschen, atmend, draußen, Luft und Staunen und das kaum hörbare Knarren des Bühnenparketts dazwischen, seine Lackschuhe und sein manchmal verwunderter Blick auf die linke Hand, den tanzenden Bogen, spiel, Geiger, spiel ...
– Wer bist du, wer bist du? – Ich bin nicht der, an den du denkst und den du fürchtest, ich bin es nicht, es ist nur deine Hand, dein schlaffer werdender Mund, dein manchmal ängstliches Herz ...
– Blumen, wenn er sich verbeugte, Jubelrufe, metallisch aufrauschendes Klatschen, schwankendes Weiß der Kleider, Domino-

schwarz der Fräcke, Gesichter, ununterscheidbar, so viele Schicksale ...
spiel, Geiger, spiel, spiel –

An manchen Abenden traf er Sophie, wie sie, in einem hellen Jersey-Kleid, den Strohhut auf dem Kopf, eben davonfahren wollte, er rief ihr einen Gruß zu, sie winkte, stoppte das Rad und kam zu ihm, um sich noch mit ihm zu unterhalten.
»Hallo, Florian.«
»Hallo, Sophie, fährst du in die Stadt?« Sie nickte.
»Und du? Gehst du spazieren, zuhören?«
»Ja, zuhören ...«
Er liebte diese abendlichen, ausgedehnten Spaziergänge. Sie führten ihn durch die Straßen des Viertels, an die Elbe oder in die Innere Neustadt, wo ihn das leuchtende Abendgewoge der Passanten aufnahm. Aber nach einer Begegnung mit Sophie nahm er, was ihm äußerlich begegnete, nur mit halben Sinnen wahr, er sah nur sie, alles trug den unnennbaren Eindruck ihres Lächelns: niedrige Eisenbrücken über dunklen, baufälligen, eng ineinandergeschachtelten Häusern, neue Pizzerien und Restaurants, die kleinen Läden, die bunt belebten, von Reklamen bewimpelten Straßen ... Und er war nur inmitten dieses Trubels, um des aufwallenden Gefühls in sich Herr zu werden, seiner Freude, daß es sie gab, daß er sie sehen und mit ihr sprechen konnte, dann waren alle Dinge Boten des Glücks. Der Abendwind wehte, oft begann Florian zu rennen, um mehr davon einatmen zu können, denn der Wind war wie ein flauschiges Unsichtbarsein, von dem er wie von lohnender und befriedigender Tätigkeit, von Frühlingsaromen, nicht genug bekommen konnte. In leeren Seitenstraßen breitete er die Arme zu Flügeln und staunte über die Schönheit der Erscheinungen, daß die Angst nichts war und er in blinder Sicherheit wie in unangreifbarer Bahn schweben konnte, daß alles ohne Anstrengung war, und wußte gleichzeitig, daß man oft, über alle Grenzen hinausgelangt, in ein Staunen zurückfällt, welches das Erkennen der

Wirklichkeit im Traum und so sonderbar ruhig ist wie das Auge des Sturms.

Dämmerungen: die zurückkehrenden Träume eines Spiegelsaals, wenn die Besucher gegangen sind, die müde gewordenen Lider des Himmels ... Oft sah Florian zu, an eine erwärmte Mauer gelehnt, im Bogen einer Straßenkehre auf den Loschwitzhöhen oder auf dem Weißen Hirsch. Die Verwandlung des Lichts geschah unmerklich, er versuchte, sie in Einzelheiten zu fassen, in der Schwächung von Sonnenpunkten oder in der Geburt eines tieferen Blaus; aber dieses geheimnisvolle Geschehen entzog sich den Blicken, denn seine Orte waren überall, die der Blicke nur in sich selbst. Die Augen sahen und sahen doch nicht. Vielmehr glaubte er eine besondere Art von Musik zu hören, eine Musik, die der Töne und damit eigentlich auch des Gehörs nicht bedurfte, die er gleichfalls in abstrakten Bildern wahrnahm, in der Architektur eines Bauwerks oder philosophischen Systems, und ihn beschäftigte der Gedanke an einen verborgenen Sinn, der für dieses Paradoxon, eine Musik der Augen, empfänglich war.
»Was meinst du, gibt es ihn?« fragte er Sophie eines Abends.
»Ich weiß, was du meinst«, antwortete sie nach kurzem Nachdenken. »Ich empfinde etwas ganz Ähnliches, wenn ich Blumen betrachte oder Skulpturen ... Wir fühlen es ja, dann muß es ihn auch geben.«
»Vielleicht ist es ein Ruf oder eine Sehnsucht«, sagte Florian nach langem Schweigen.
»Vielleicht ist es Liebe«, sagte sie.

Nachmittagsstille, das Fließen der Augenblicke, die kostbar waren und doch so leicht, daß sie wie der Blütenstaub der Linden und Akazien davonglitten, träumerisch bewegt vom fächelnden Wind ... Madame Duvillier, Kajetan Klakus' Frau, stand ruhig hinter dem Ladentisch von *Zauberhafte Genüsse*, in dem das Licht als eine kleine Tänzerin über Speisen hinter Glas, den weißen Marmor der Auslagen und die schimmernde Messing-Kurbelkasse schwebte; sie hob das Gesicht bei manchen Geräuschen und blinzelte durch die sacht staubigen Fenster den Kamille-Sommerwolken zu, ihre dicken, sinnlichen, reich beringten und mit zinnoberrot lackierten Nägeln geschmückten Hände hoben sich zu einer trägweichen und gleichzeitig leichten Geste, wenn das Glöckchen über der Ladentür klingelte ... Dann prüfte sie rasch ihr Haar und tupfte es lockernd auf, aber es mochte wohl nur Bruno Korra sein, auf dem Nachhauseweg vom *Aquarium*, Käpt'n Flint unter dem Arm, dessen stoische Lebensgeister in all den Märchendüften schlagartig erwachten, und Korra mochte wohl nur seine tägliche Ration Schmalz oder einen Trüffel abholen wollen oder für Kajetan eines dieser gräßlich schwerleibigen Magenbitterbücher vorbeibringen, auf denen *Summa contra gentiles* oder, ganz und gar unaussprechlich, *Phänomenologie* stand, und in denen Kajetan dann mit hocherhobenen Brauen, entweder heftig und inbrünstig nickend oder kopfschüttelnd, mit seinem feinen Lächeln der Mißbilligung und einem Blick, der sich durch die Seiten hindurchzubohren schien, den ganzen Abend lesen würde ...

Es gab Stunden, wenn kein Kunde kam und der alte Korra sich in seine Graphiken vergrub, in denen Florian ganz allein war im altersbraunen Unterraum des *Aquariums*, allein mit den strohhellen Lichtquadern, die in breiter, staubiger Bahn durch die beiden Fenster flossen, mit den verklungenen Schritten auf der Wendeltreppe, die nach oben in die *Vor-Neunzehnhundert*-Abteilung und zu den Graphiken führte, mit der tackenden Uhr und dem Rauschen der Wellen unter dem Kiel der *Oldenburg*, des Schiffs auf der verblichenen Photographie; Stunden, in denen er nur lauschte, unbeweglich auf dem mit bienengelbem Stoff bespannten Sessel sitzend, dessen rokokozierlich geschwungene Armlehnen in geschnitzte Löwenköpfchen mündeten. Dann stiegen, wie Blumen, die nur in der Stille blühen, Stimmen aus den Dingen und der träumenden Zeit. Dann war es ihm, als ob er die Freunde hörte, an den Abenden im *Portu-*

giesischen Café, wie sie gemeinsam am Lissabon-Tisch in der Ecke saßen und leise sprachen, die Erinnerungen schweifen ließen in einem Spiel, das sie *Träume* nannten, und ins weiche Licht gaben, das der Messingleuchter spendete,

– Licht, das uns ansah,

wie uns die Vergangenheit ansieht auf ihren Zeugnissen: den Jahren auf den Flügeln von Stunden,

und die Elegantes maduro glomm, der Rauch trug die Beschwörungen …

– Gib mal was zu rauchen, Martin.

– Oho, Johannes, bist du bekehrt? Hier, bedien dich.

– Danke. Den Leuchter brauch ich mal, bitte.

– Du etwa auch, Florian? Nicht. Feuer hab ich hier. Du brennst Tabak an am Licht der weithintragenden Geschichten? Das ist Frevel. Dafür beginnst du.

Träume?

Träume.

Martin, was ist das für Knaster??

Knaster? Friedensware. Und? Weißt du noch, wer du bist?

Fang du an, Martin, er kommt ja gar nicht wieder zu sich.

Gut, fang ich an.

– Ich sehe die Kirche, die Kirche von Chiaveri,
breit ist ihr Schiff, schlank der luftige Turm,
und die Seiten gebreitet, empfangende Hände,
seltsam, wie aus zuviel Verwundung …

– Wir gingen hinein, Martin, der Strom war in den Erinnerungen, Sonnentrapeze, die seine Adern hinabschwammen, dünende Piers und der flatternde gelbe Wimpel am Heck des Schleppers,

ich winkte dem Mädchen, das aus dem Bootshaus kam,

sie winkte zurück, sichtlich erfreut, und ihr saht euch lange nach,

wir gingen hinein, und draußen blieb der Tag, es zersplitterte die Stunde,

weil alles Licht war von der Dornenkrone, Lanzen

hoher Fenster, hoher Pfeiler und die Leuchter schwebend oben in der Tiefe,

Silberleuchter wachten am Altar, marmorn ernst die Heiligenfiguren,
sahen nicht den Cupido- und Lieblingsschaum der Kanzel, nicht die Pietà in dämmernd mahnender Kapelle, sahen ...
– Den Sohn des Herrn im Mantel aus Blut,
aus dem Blut seines ruhmvollen Körpers;
er stieg über Land und Meer, König der Völker,
sie aßen das Fleisch, tranken den Wein ...
dann schwieg die dunkle Prozession.
Und das Silberwerk der Orgel
trug herbei die Stimmen des Erlösers, den Gesang, und weiße Kerzen
hüteten den Taubenflug von steiler, heller Küste, wo die Beterhände
der Madonna und der gischtbenetzten Engel rissig waren vor den Blumen, vor den blinden Blumen,
schütteren Levkojen, vor dem grünen,
westwärts,
ewig westwärts alles Leid und alle Klage,
ewig westwärts alle flußumschäumte Klage,
einst die stolzen Schiffe reichbeflaggter Tage
tragende, das grüne, sandvergeßne Meer ...
und sie flehten, daß es immer trage ...
– Und das Licht war ein mildes Linnen, gab den Leidenden Ruhe,
all den gestillten Augen in der Höhe, in der abgefallenen Zeit,
unzerbrochner Gesang, heb mich hinauf zu dir, erhebe mich, du Schöne warst die Taube in den tiefgehöhlten Klüften,
wo die Zedern wuchsen und die reinen Wasser flossen,
wo der Duft des Tragants rührte, des Granatapfels,
wo die Weinreben reiften wie die Aufkunft liebkoster Brüste,
deine Lieblichkeit, wenn dein Haar sanft wie das Fließen der Berge war,
am Abend.
– Missa pro defunctis, herrlicher die Chöre, singe meine Zunge, singe von der

Klarheit,
vom Kristall, von deinem weißen Leib, von deinen Wegen

… und es war Florian, als verlöre das, was ihn umgab, alles Unmittelbare, träte aus seiner Existenz in eine andere, tiefere, als bedürfe es der Stille, die andere Geräusche schafft, und des Gehörs, um zu sehen – die bedächtig tackende Uhr und das schimmernde, wandernde Messingperpendikel mit dem Bogen seiner eingravierten Inschrift OMNIA VIDERE, MULTA PRAETERMITTERE, PAUCA MONERE, die beiden Herzzeiger aus brüniertem Metall, fühllos immer dieselben und doch sich selbst immerwährend neu, denn mochte auch ihre Konstellation nach zwölf Stunden sich wiederholen, so taten es doch die Erscheinungen nicht, die sie maß, nicht deren einmal zerbrochene und driftende Schollen, der Tag war ein anderer und anders die Beziehung seiner Blicke, die Kontur des Lichts und der Schatten. Geheimnisvoll war es, daß seine Hände nicht mehr auf den Löwenköpfchen des beinahe zu zierlichen Sessels lagen, Relikt besonnterer Epochen, der Muße, der Kavaliers-Galanterie, sondern, und das Knarren und Wantenseufzen vermischte sich mit dem Rauschen der Wellen unter der *Oldenburg*, auf dem abgegriffenen Holz eines Steuerrads, vor dem das Kompaßhäuschen phosphoreszierte, smaragdgrün, das einzige Licht auf dem Meer, wenn man von den Sternen absah, die an den Himmelsrändern im gleichmäßigen Takt der Dünung unter den Horizont tauchten. Einst war Korras Bruder auf der *Oldenburg* als Moses gefahren, aus ihrem Mannschaftslogis hatten Schwarzweißpostkarten mit tropisch bunten Briefmarken ihre sagenhafte Reise angetreten, Namen und Begriffe darauf, aus denen der daheimgebliebene Bruder Seekommandos, Meeresraunen, Winschenlärm in glutheißen Häfen heraushörte; Karten, an denen der junge Korra gerochen hatte, um die sternenübersäten Nächte des Südens in die Nase zu bekommen, den Teer- und Kolonialwarengeruch der Piers, den Geruch des Mittelwächters für die Hundswache, des Sonnabendstockfischs, des *Großen*

Hans'. Er und die anderen Daheimgebliebenen seiner Klasse griffen die krakelig ungeübten Bleistiftzüge ab beim Staunen, Lesen und Wiederlesen, bei abenteuerlich bunter Ausfahrt in langweiligen Mathematikstunden.
Florian sann. Nun war es nicht mehr die *Oldenburg*, vielmehr schien es die *Ghost* zu sein oder die *Erebos*, jenes sagenhafte Schiff, das an den Rand der Erde und der Zeit gefahren war; es war dunkel, die Decksplanken schimmerten im Mondlicht glatt und elfenbeinbleich, die Segel knarrten, und die dunkle Linie des Schanzkleids war die Grenze der bewohnten Welt, hob und senkte sich gleichmäßig in der Dünung: Flanken eines riesigen atmenden Tieres, eine Stimme flüsterte von der Back, jetzt erkannte er es erst, das Schiff: *Teufel, ich will verdammt sein, Flask, wenn der Krake kein Unglück bedeutet. Hast du gemerkt, wie eilig der Alte zurück wollte?* Flask schwieg, es war Stubb, der gesprochen hatte, es war die *Pequod*, Kapitän Ahabs Schiff, und jene wüste Zecherei, mit der die Mannschaft ihre Zustimmung zu Kapitän Ahabs Plan besiegelt hatte, lag noch nicht lange zurück, ebenso wie jene Nächte nicht, in denen Ahab öfter als sonst über das Deck gegangen war, unheimlich das Klakken des Holzbeins, vor dem die Matrosen sich fürchteten, tack, tack, tack über ihren Köpfen, und manchmal setzte es aus, dann stand er, dürr und finster, an der Reling und starrte ins Dunkel, die Hand in den Pardunen, sah und lauschte, gleichgültig, was der Rudergänger denken mochte,
Was siehst du da draußen, he? Was ist los mit deinem Seelenverkäufer? Jagst du uns um die halbe Welt, Rattengesicht? Da geht er wieder, der Schwarze. Wie seine Augen stechen und seine Ohren fein sind ... Luchsohren sind sie, spitz und fellig, und manchmal sieht man, wie sie spielen und zucken, wenn er ins Mondlicht kommt. Selbst das Flüstern im Kabelgatt kann er hören – denn das Meer schien zu ihm zu sprechen in der Sprache der Tiefe, es mochte ihn erkennen als den, der den weißen Herrscher seiner Unterweltswesen herausgefordert hatte, selbst Meerwesen eher als ein Mensch, selbst meergeboren, und seine

Augen waren die des schwarzen Herrschers, des Oktopus, und vielleicht war es das, was die Matrosen ängstigte – das Gefühl, daß er im Tiefsten nicht einer der ihren sei, sondern den Gezeiten angehöre, den Strömungen, dem schaumgekrönten und feindselig sich dehnenden Unendlichen, das sie umgab, und in dessen Gewalt sie waren.
Es endete. Andere Leuchtfische erschienen vor Florians Blick. Wieder saß er im bienengelben Sessel, nun betrachtete er die Amaryllis auf dem achteckigen Tischchen neben der Uhr, Korra hatte sie vor das zweite Fenster in der Zimmernische gestellt, wo sich, in zwei Bücherregalen, die Amerikaner und Engländer gegenüberstanden. Ihr narkotisches Rot tauchte aus der staubgefüllten Lichtbahn, die mit dem Tag und den Herzzeigern der Uhr weitergewandert war, wie auch die Lichtbahn der anderen Seite, die nun, über den Zenit der Wendeltreppe hinaus, die Franzosen und Spanier berührte. Nichts war zu hören von oben, wo der alte Korra in ein Buch versunken oder eingenickt sein mochte, das Glöckchen an der Tür schwieg, eine Fliege zwirbelte nicht weit davon die Flügel, ab und an war das Geräusch eines Autos zu vernehmen, das Klacken und Schürfen eines Frauenschuhs auf dem Bürgersteig unter den Fenstern, aber das waren Geräusche, die die Stille vertieften. Auch im Hausflur, vom Antiquariat durch einen kleinen, im Sommer offenstehenden Vorraum getrennt, war es still, niemand stieg die Treppen hinauf, kein Schulkind kam fröhlich nach Hause, pfeifend oder mit dem träumerischen Singsang seiner Erlebnisse auf den Lippen, und Käpt'n Flint pflegte das *Aquarium* gewöhnlich erst gegen Abend zu besuchen, wobei er sein Erscheinen durch langgezogenes Maunzen vor der Tür anzeigte. Wieder tauchte die Amaryllis auf, zugleich mit ihr eine andere Landschaft, eine offensichtlichere und zugleich verborgenere als die, die draußen im behüteten, kamillehellen Schlummer des Sommernachmittages lag, eine Landschaft fleischiger Blumen, des Blickdämmers und des Sumpfatems, den die Magnolien vor dem weißen Herrenhaus nicht zu überdecken vermochten, eine üppig quellende

Landschaft, deren wuchernde Fruchtbarkeit aber wie Proteus, der sich immerwährend Wandelnde, nur die eine Gestalt verbarg, die in jeder angenommenen enthalten war – die schleichende und lastende Gestalt des Todes. Lähmung und Schwüle krochen aus undurchdringlichen Sümpfen heran, in denen faulende Baumstümpfe sich als dösende Alligatoren entpuppten, ein Atmen war es nur, eine Wachheit, ein tauchendes Lauern. Mokassinschlangen glitten aus der brütenden Schläfrigkeit brauner, verlandeter Tümpel, des Pfeilpflanzen- und Lianengewirrs, das der Verwalter um die Bäume, die in der Nähe des Anwesens standen, regelmäßig zurückschlagen ließ, oben, über Mannshöhe, trugen sie die wattige Last des Spanischen Mooses. Und dort, wo kein Horizont existierte als der, den unsichtbare Augen beobachtend aus dem sonnendurchflochtenen Sassafras- und Hickorydunkel zurückwarfen, wo alles Trug und Täuschung war, tauchte Bayard plötzlich auf, seine grüne, drahtige Gestalt löste sich aus den Schatten, ging gebeugt und mit der Anspannung des Jägers beim Anschleichen eines Wilds, seine Augen huschten hin und her, und die Rifle in seinen Händen war ebenso entsichert wie die Major de Spains, der ihm folgte, und Quentins, der den Kopf witternd erhoben hatte. Von der Flanke her glitt Henry aus dem Gebüschdämmer, gefolgt von seinem Vater, sie kamen lautlos, wie das Spiegelbild sich festigt, zu dem der kleine Junge erstaunt hinabschaut, nachdem er einen Stein in die krautige Stille des Ertrinken-Teichs geworfen hat, wo er den Purpurfisch zu sehen glaubte, und wo ein Vogel, ein Scheelgast und Stecher, den gläsernen Augenblick zu Scherben schrecken konnte mit seinem harten Ruf …

Aber kein Vogelschrei hatte Florian aus seinen Träumereien gerissen, sondern das Glöckchen über der Eingangstür. Es war Sophie.

Sie lächelte, als sie ihn entdeckte, blieb aber in der Nähe der Tür stehen, befangen vielleicht von der Rauchbahn des Lichts, dessen Wärme sie spüren mußte, da es Wange und Haar berührte, von der Stille vielleicht oder dem ehrfurchtgebietenden Arom von Würde, Gelehrtheit und leis gestrenger Weltfremdheit, das von Räumen ausgeht, die ganz mit Büchern angefüllt sind. Sie tastete nach dem grünen Samtband, das die Flut ihres Haars zusammenhielt, den lose geflochtenen Zopf, der nach vorn über ihre Schulter fiel. All dies nahm Florian in Sekundenschnelle wahr: den Kontrast von Blond und ihrer goldbraunen Haut, den Tupfen Grün auf ihrem leichten, blumenbedruckten Jersey-Kleid, das Schultern, Arme und Dekolleté frei ließ, ihre zögernde Haltung, ihr Lächeln, das wie um Erlaubnis für Neugier bat, und den Einkaufsbeutel, den sie zusammengeknäuelt in ihrer Hand trug.

»Hallo«, sagte sie, als er aufgesprungen war und näher kam. Er erwiderte ihren Gruß, und wieder hatte er die Empfindung, als er ihre Hand in seiner spürte, als ob eine belebende Kraft von ihr ausgehe, die auf ihn überströmte, sobald sie ihn berührte, etwas noch nie Gekanntes, Freudiges, Helles, und dabei erschien ihm ihre Hand so zerbrechlich und flaumvogelleicht, wie es die Hände der meisten Frauen sind, so daß man sich wundert, wie sie die Welt zu tragen vermögen: Atlas, meinte Korra, müsse eine Frau gewesen sein.

»Schön, daß du gekommen bist«, sagte er, nachdem er seine Verlegenheit und die Brüchigkeit seiner Stimme, in den wortlos verflossenen Stunden des Nachmittags entstanden, weggeräuspert hatte.

Schüchtern und doch neugierig zugleich sah sie sich um. »Hier arbeitest du also. Hier ist es schön«, sagte sie leise. Sie ging zur Wand der Franzosen und strich sacht über die Buchrücken, schloß die Augen und atmete tief ein.

»Wie gut es hier riecht … herrlich nach Leder und alten Büchern. Wie bei meinem Großvater. Ich habe diesen Geruch immer geliebt … und wie still es hier ist. Und das Licht …« Sie drehte sich um, ihre Augen leuchteten vor Freude.

»Die *Wunderblume* haben wir nicht.«

»Du hast schon nachgesehen?«

»Überall.«

Kokett wie ein kleines Mädchen legte sie die Arme auf den Rükken und wippte auf den Zehenspitzen. Ihre Nasenflügel bebten vor unterdrückter Necklust, die sich aus der bernsteinfarbenen Wärme ihrer Augen über Augenwinkel und Wangen ausbreitete, Aufblitzen einer anderen Wesensschicht hinter dem Wall aus Schüchternheit, den Zutrauen und zarte, fühlungnehmende Gewöhnung bereits abzutragen begannen. Sie stand nah bei ihm, er roch den Duft ihres Haars, ihrer Haut und sah, als sie wieder das grüne Samtband berührte, über der leis atmenden Wölbung ihrer Brust, ihre schlanken Finger, die Hingebung und blumenhafte Zärtlichkeit, die in den Händen der Frauen liegt, jene leisere, aber um so vieles eindringlichere und schönere Sprache. Wieder, als sie langsam in den anderen Teil des Raums gingen, zur bedächtig tackenden Uhr hin, zur Amaryllis, tauchten Haar und Schulter ins Licht, und auch auf seinem Gesicht fühlte er die Wärme, die mit dem Gang des Pendels weitergewandert war und den Schatten des Fensterkreuzes nun über den Sessel warf.
»Bist du ganz allein hier?«
»Nein, Bruno Korra ist noch oben«, er nickte in Richtung Wendeltreppe, «im Raum für die Graphiken und die ganz alten Bücher. Dafür ist er Spezialist, er nennt es die *Goldene Epoche*, das Jahrhundert von siebzehnfünfzig bis achtzehnfünfzig.«
»Langweilst du dich gar nicht, wenn du hier allein bist?«
»Es kommen Kunden.«
»Viele?«
»Es geht. Wir kommen zurecht. Reich werden wir nicht ...«
Er schmunzelte.
»Aber die meiste Zeit über bist du doch allein?«
»Ach, das ist nicht weiter schlimm. So allein bin ich hier gar nicht. Korra ist ja auch da, und nachmittags kommt Käpt'n Flint. Das Licht erzählt mir Geschichten, ich brauche nur zuzuhören ...«
»Auch lustige?«
»Von den Stygischen Schwestern zum Beispiel ... Das sind drei alte Damen, die hier irgendwo in der Nähe wohnen. Die inter-

essieren sich für Malakologie. Was für ein Wort. Weichtierkunde.«

Sie hob die Brauen, erstaunt.

»Sie sind wirklich Schwestern, soweit ich weiß. Karsten hat ihnen den Spitznamen gegeben, weil sie einen ansehen, wenn man ihnen begegnet, als wüßten sie, wie die Zukunft wird.«

»Das möchte ich auch gern wissen. Stell dir vor, du hättest ein Magisches Auge, und darin könntest du sehen, wohin es dich einmal verschlägt, mit wem du zusammentriffst, wen du vielleicht mal küßt ...«

Sie lachte hellauf.

»Das wäre doch was! Und stell dir vor«, sie kicherte und beugte sich zu ihm hin, und wieder war da der Duft ihres Haars, ihrer Haut, »man begegnet jemandem, den man schon im Auge gesehen hat, er oder sie weiß natürlich von gar nichts, und dann geht man hin und sagt ganz einfach: Verzeihung, Madame, Monsieur, ich sah gestern, wie wir uns küßten, können wir den restlichen Schmus nicht gleich beiseite lassen?«

»Aber stell dir vor«, erwiderte Florian belustigt, »der andere weiß es aber doch und sagt: Nun, ich sah auch etwas, nämlich, daß jemand wie Sie kam und etwas von mir wissen wollte, aber ich konnte nicht rauskriegen, was es war, beim besten Willen nicht ... und jetzt weiß ich endlich, wie es zusammenhängt – woher haben Sie Ihre Kugel? Ich brauche eindeutig ein besseres Modell ... Sagts und rauscht davon ...«

»Dieses hier, Madame«, soufflierte Sophie säuselnd und tat so, indem sie sich bückte, als nehme sie einen Hut ab, »dieses ganz gewiß, die Firma, die ich vertrete, stellt die besten Kugeln her, ich sah einerseits ihr Gespräch mit dem Herrn von vorhin und andererseits ihre Reaktion, und dann wiederum ihre Begegnung mit mir ... Diese ist es, Déjà-vu de luxe ...« Sie klatschte in die Hände vor Vergnügen und lehnte sich prustend an eins der Regale.

Als sie sich etwas beruhigt hatte, beugte sie sich über die Amaryllis und roch an ihr.

»Ist die schön. Das Rot ist so intensiv, so glutvoll ... Ich hab auch eine, aber die ist längst nicht so groß.« Behutsam, als sei er etwas sehr Kostbares, ließ sie den Blütenkelch sinken.
»Du magst wohl Blumen sehr?«
»Ja.« Sie nahm ein Buch aus dem Regal, schlug es auf und blätterte gedankenversunken darin.
»Als wir klein waren und noch in Tokio lebten, kam immer eine Frau zu uns, die Mutter Ikebana lehrte. Ich durfte dabei zusehen, manchmal hat sie mich auch selbst etwas machen lassen. Aber es ist eine Kunst, alles ist Symbol und Zeichen, für Nichtjapaner im Grunde gar nicht zu verstehen ... All die Anspielungen. Wie beim Sumo oder beim No-Theater ...«, sie strich über eine Seite und lächelte.
»Besonders gern hab ich aber Kakteen. Meine haben alle Namen, weißt du?«
»Das kenne ich von meiner Mutter. Sie spricht mit ihren Pflanzen, bemuttert sie und fragt nach ihren Kümmernissen, zum Beispiel, wenn ihnen ein Blatt abfällt.«
»Spotte nicht, das muß man auch. Sonst wachsen sie nicht richtig. Sie sind ja auch Wesen, die Zuwendung brauchen ... ach, du lachst.« Verlegen gab sie Florian einen Stüber. »Ihr Männer versteht das eben nicht. Philipp ist genauso, oder mein Vater. Aber sie gedeihen nur dann, wenn man sie gut behandelt. So ist das nun mal.«
Er trat neben sie und öffnete die Vitrine mit den Inselbüchern, die zwischen der Uhr und den Amerikanern stand. »Hier, sieh mal.« Es war ein Band mit japanischen Gedichten.
Sie stellte das andere Buch ins Regal zurück und las. Die Stille kehrte zurück, das bedächtige Tacken der Uhr. Florians Blick glitt zum Fenster, das ganz in Licht getaucht war.
»Ich schenke es dir, wenn du möchtest.« Er winkte ab, als er das Aber auf ihrem Gesicht sah.
»Nimm es ruhig. Das können wir schon verschmerzen.«
Das Glöckchen klingelte, jemand kam. Es war ein älterer Mann, einer von Korras Stammkunden. Sophie holte den Beutel.

»Ich muß dann gehen«, sagte sie, das Buch in der Hand. »Vielen Dank dafür, Florian.«
Sie verabschiedeten sich. Wieder kam ihr Duft zu ihm, sein Herz begann zu klopfen vor dieser anderen, Tieferes bewegenden Sprache, mild und lebenströmend wie der Duft von Juniblumen. Wieder nahm er sich zurück, wie an jenem Donnerstagnachmittag, an dem er sie zum ersten Mal gesehen hatte, vor dem blendenden Torbogen des Hauses, ihr Haar, glimmend entzündet vom Licht, wie in der Nacht, als sie neben ihm am Fenster gestanden hatte, ein Zurücknehmen nach Innen, unmerklich fast, aber genügend, er sah es in ihren Augen – dies war schneller als alle Überlegung, war eine Furcht, eine dunkle Scheu vor dem, was sie hören würde aus der Gesprächigkeit seines Innern und ins Augenniederschlagen mitnehmen – denn sie würde es wohl hören können, sein allzu laut schlagendes Herz.
Sie ging. Er sah auch dann noch zur Tür, als das kleine Glöckchen längst verstummt war und das bedächtige Tacken der Uhr, das Rauschen der Wellen unter dem Kiel der *Oldenburg* und die wandernden Lichtflecken vor den Büchern wieder den Raum füllten.

Sophie lebte sich ein. Der Tapetenleim- und Farbgeruch verflog allmählich, die Amaryllis blühte in liebevollem Rot, die Dinge sprachen wieder nach dem Schrecken der Entwurzelung und dem darauf folgenden, blitzhaften Rückzugs-Verschnecken, nun lugten Fühler vor, meinten, daß es warm und gut sei, Vertrauen kehrte zurück, kleine Schößlinge reckten sich.
Sie besuchte Emilie und *Cook's Basar*, kaufte Apfeltaschen bei Madame Duvillier, lernte Bruno Korra kennen, der oben im Wendeltreppenstübchen im *Sternbald*, in den *Bunten Steinen*, in einem Gregorovius las oder Graphiken mit einem Kunden betrachtete, ein kleiner, schmächtiger, pfeiferauchender Herr, der in Martin und Florian etwas wie seine Söhne oder Enkel sah und Sophie sehr gern hatte. Wenn er sie gesehen hatte, schüttelte er jedesmal verzückt den Kopf:

»Sie is wie ne B-luhme, wie ä milder Schdern, 'n Schdrahlen geht von ihr aus, wenn se lächeld, oh, was gä-bisch dafür, nochema' junk ze sein, isch hädde se be-schdürm-t, ihr heiße P-riefe geschriebhn, sie ange-behded«, schwärmte Bruno und rüttelte mit südländischer Gestik an der Luft.
»Florian, Mensch, du musd bei ihr einsteischn, Mensch, gloohr, das wirdse schohn nih ühwlnähm, wenn de ä Mann bisd und sie ä bissl liebhasd, schdräubn wirdse sisch, nu sischerdor' aber was gloobste, wie üh-werzeuschnd Küsse sint: Sei ä Mann, küsse sie, um-ahrme sie, sei ihr Liep-hahber! Godd, was hädd isch für eine sol-sche Frau gedahn, d'n Mohnd häddscher vom Himmel gehohl-t!« beschwor er ihn in komischer Theatralik, denn wenn Bruno Korra außer dem Schönen, Wahren und Guten bei Goethe oder in der deutschen Romantik, der Malerei und Nietzsche noch etwas liebte, dann waren es die Leidenschaft und die schönen Frauen, Italien und die Italiener – »heißblühtisch, wie se sint, heißblühtisch, emozione, amore, darauf kommt's dor'an! Wek mit der dähmlischen deutschn Zierorei und Geischelei, dafür Vergnüschn, Lusd, Freuhde! Libbn sint zum Küssen dah!« – liebte vielmehr das, was er dafür hielt, ohne Widerspruch zu dulden, mit einem kategorischen Strich durch die Luft fegte er ihn hinweg. »I-tahlien, des Deutschn Drauhm und Sehnsuchd, schohn immer, Florian, schohn immer! Un' nih umsonsd, nih' umsonsd! Dannhäuser, Rohm-billscher, nih' umsonsd!« pflegte er, die Pfeife in der Luft schwenkend, mit erregt gehobenen Augenbrauen und der glühenden Überzeugung des Enthusiasten auszurufen, wobei er sich straffte und das Kinn reckte.
»Und Emilie?« erinnerte Florian ihn dann.
»Dassis was anderes, was ganz anderes!«
»Sophie hat doch ganz bestimmt einen Freund!«
»Und wenn schon! Solange du selber ni' der Freund bisd, kanns dir dor' ganz egal sein!«

Es war, als die Tage verstrichen wie Erinnerungen ihrer selbst, unter gleichen blauen Himmeln, unter gleichen, zitronenlichtgefüllten Baumkronen, als ob, nach einem halbherzigen Frühling, der Sommer nun ein Versprechen einlöste – wenn Florian mittags für sich und Korra das Essen holte, das Emilie oder Tania gekocht hatten, schwebten die vorüberfahrenden Autos im Licht wie Schleierfische in weißsandigen Lagunen, flossen langsam, von freundlichen Strömungen gezogen, über die Linie des Sichtbaren hinaus, verschluckt von Querstraßen und den bergenden Ausläufern des Stadtsogs, und wenn Florian dann die Augen halb schloß, um nicht geblendet zu werden, glichen die Luftdünungen der Schlierenhitze um sizilianische Zypressen – dann mußte das Viertel in Wahrheit ein Schiff sein, herausgebrochen aus dem angestammten Raum, auf Reisen begriffen in anderer Wirklichkeit, während das Zurückgebliebene nur Hülle war, ein entseelter Körper ...

An manchen Abenden zwängten sie sich durch die schmalen Dachbodenluken hinaus ins Freie, und dann hatten sie nichts als die Antennen und Schornsteine des Viertels vor sich und die hohen Feuerkronen der Bäume im Park, sie sangen *Segel aus den Blüten weißer Chrysanthemen*, Florian sang für Sophie, deren Gesicht hell beschienen war von den Strahlen der sinkenden Sonne, ihr Haar in lichtes Feuer getaucht, und sie lächelte ...

»Das Leben ist schön, das Leben ist schön!« riefen die Musiker; Sophie spielte, hell klang die Violine über den Dächern, und dann der perlmutterne Ton von Arndts Bandoneon, Martin sang den Fado, das Lied von der ewigen Wiederkehr und der Liebe zu den Menschen, zu den Dingen und zum Strom, auf dem die Sehnsucht treibt, die allen Herzschlag trägt und alle Hoffnung, alle Heimfahrt durch die Nacht, und das Vorübergehn ...

– Singe von der Liebsten und ihrer Gestalt ...
Singe zu Wein und Musik, mit geschlossenen Augen,
denn sie ist ein Feuer, das dich verbrennt.
Singe von ihr und vom beseligten Tod,
den die Schönheit über den Liebenden spricht,

daß du nicht mehr bist, der du warst
und ein Anderer wirst, um ihre Wege zu finden.
Was die Liebste berührt, ist Wärme. Geht sie vorüber,
bleibst du allein mit zerbrochener Zeit.
Was ihre Blicke betrachten, ist das schönste der Dinge,
in ihren Spuren erwachen Blumen.
– Liebste: Du bist schön, und wie sehne ich mich nach
dem Schönen.
Du bist Licht, und wie sehne ich mich nach Licht.

Unwiederbringlicher Sommer jenes Jahres, Florian lauschte und atmete dic Geräusche, die Gerüche ...
»Malen!« sagte Martin leise und mit geweiteten Augen. »Ich muß malen, malen!« Und er wies auf das wie aus Schaumgold gesponnene Licht. Holetschek ließ ihn ziehen, denn in diesen Sommertagen kam nicht viel Kundschaft, er schaffte es auch allein. Dann brach Martin schon in der Morgendämmerung auf, um in der freien Natur zu arbeiten, aquarellierte bis zum Einbruch der Dunkelheit irgendwo in der Sächsischen Schweiz oder im Osterzgebirge. »Künstliches Licht, weißt du, ist ein Betrüger, nun gut, Betrüger sind wir ja schließlich alle, und«, er nickte lächelnd, »vor allem die Maler, aber ... sonst bist du es, der betrügt, künstliches Licht aber betrügt dich.«
An den seltenen Regentagen blieb Martin zuhause, doch traf man ihn auch sonst manchmal an Nachmittagen oben in seinem winzigen Atelier, das er sich bei Bruno Korra hatte einrichten dürfen, bei dem er zur Untermiete wohnte, und Florian besuchte ihn hin und wieder in der großen, altbürgerlich eingerichteten Wohnung mit der lackschimmernden Eingangstür und dem Bronzeringklopfer daran, den ein Löwenmaul hielt, trat leise ein durch den grünen Veloursamtvorhang, aus dessen Stofffülle man in den Korridor gelangte wie durch ein bergendes Chapiteau. Die Tür vorn war immer offen, wenn Martin zuhause malte, Florian ging hinein und verhielt sich reglos still, um sich der Vielfalt der sinnlichen Eindrücke für Augenblicke

ganz hinzugeben: Durch die angelehnte Küchentür fielen zarte Lichtstrahlen, uneins und ineinandergestreut wie ein Mikadospiel, über das abgebrauchte, fleckig nachgedunkelte Parkett, zerfaserten an der gegenüberliegenden Wand, an der die Reproduktion eines Zurbarân-Gemäldes hing, das Martin sehr schätzte, *Der hl. Franz von Assisi in Ekstase,* daneben Martins Portrait von Bruno Korras verstorbener Frau, die dem geschweift gerahmten Spiegel zulächelte, der hier und dort das deckende Silber verloren hatte. Manchmal stand auch die Stubentür offen, damit Käpt'n Flint, Korras alter Kater, hinauskonnte, und vielleicht auch, damit die Wärme die ganze Wohnung füllte, denn die Wärme des Juni täuschte darüber hinweg, daß der Frühling nicht warm gewesen war. Erst Ende Mai war der Umschwung gekommen, der nun aber dafür um so reicher, verschwenderischer schenkte: der Stadt und dem sich sehnenden Viertel, den im Wind flüsternden Bäumen, den freundlicheren und geduldigeren Menschen. Und dann, im wesenden Staub, die augenlose Sonnenstreu der Zeit, der unmeßbaren, die nicht fortging wie die schiefernen und tiefroten Dächerkoggen draußen, mit gelichteten Ankern, ins schlaf- und segnungserfüllte, zyklisch wiedergeborene Abendmeer, wiedergeboren aus anderen Fluten, nicht aus dieser, in der das Rauschen der Buchen und Akazien war und die Stimmen wuchsen, wenn die Bewohner des Hechtviertels von der Arbeit heimkehrten und *Tango Verde* sich auf den Abend vorbereitete – Sophies Violine, die flaumleichten Glissandi von Arndts Bandoneon, Karstens Akkorde auf Emilies altem *Schimmel*-Piano, dann der Kontrabaß Isabels: eine schwere, brotbraune Hummel, *Begegnung*, es war das Zugstück der Gruppe, ein Ineinandergleiten flirrender Impressionen, fast eine halbe Stunde lang, Arndt hatte es komponiert. Dann hallten die Schritte ankommender Gäste durchs Haus; Musik und Gelächter blühten allmählich auf, schwebten im Hausflur wie Luftblasen von einer Korallenbank empor und zerfielen flatternd, wenn die Gruppe pausierte …

– Schließ die Augen, Florian, was siehst du?

– Martin: Das Nahe ist entfernt wie die Welt, wenn man es nicht mehr sieht, aber ich kann es hören, die Stimmen, die Geräusche, wie sie sich lösen, silbrige Zeichen, Luftparasole, sie schweben empor, so atmen Riffe in blauer Tiefe,

ich sehe das Bandoneon erblühen, das Lächeln auf Arndts Gesicht, und Karsten am Klavier, zu ihm gebeugt Isabel mit ihren gotischen Händen, nun stellt sie das Weinglas beiseite, da sind die Frauen, Johannes, am Sonnabend, als Tango Verde nicht spielte, die Frauen vorn um den Billardtisch, wir konnten sie sehen, sie konnten uns sehen, Emilies Aquarium störte nicht, im Gegenteil, jede Seite konnte so tun, als seien die Fische das Interessante,

– Der Duft der Frauen, Florian, erinnerst du dich, als sie hinter uns traten, Martin bediente die SINGER am Eingang, und ich hielt das Tuch, in das die Gäste etwas hineinnähen konnten, ein Muster zu den schon vorhandenen Mustern, was war das immer für ein Bild, wenn sie die Kippplatte traten und ein Lächeln sich auf den plötzlich ganz kindlich gewordenen Gesichtern ausbreitete, beinahe so erstaunlich wie das, was da unter ihren mehr oder minder geschickten Händen entstand,

ich weiß, du hast einen Wiedehopf zu nähen versucht,

und du, Martin, zwei Zigarren von Holetschek gingen drauf, du hast die Rose genäht und den Seestern und die bauchige Kruke neben das Wrack, ein Enthusiast mußte es in vielen Besuchen gemacht haben, Emilie sagte, es sei ein Fado-Sänger gewesen, neunzehnfünfundsechzig,

und dem Kraken daneben fehlte ein Arm, Johannes, war aber sonst gut gemacht, erstaunlich, was man mit so einer Nähmaschine alles hinkriegt, aber mein Wiedehopf war bloß ein altrosafarbenes Gewirr, nur der Büschelschopf ist mir einigermaßen gelungen, und Nora zog mich auf: Für einen Dichter aber nicht schlecht, ich hätte sie am liebsten gebissen dafür, und was hast du gemacht? Den Hecht?

– Hab's versucht, gibst du mir bitte die Teekanne?

– Hier … Paß auf, Martin, das Wachs tropft gleich auf deinen Ärmel, hast du noch Kerzen?

– Dort, in der Lade unter den Aquarellen, daß du den Leuchter noch hast, was ist das für eine Blume, die hier eingraviert ist, eine Lilie?

– Eine Glockenblume, hat mein Großvater selbst gemacht, herrlich, wie das Messing schimmert, Rembrandt konnte das malen, oder Vermeer,

den Leuchter hast du doch immer mit an den Abenden, wenn du Gedichte sprichst,

und nur dann, aber die beiden Frauen an einem Sonnabend, erinnerst du dich, wie sie Martin bei der Arbeit zusahen und sich vorbeugten, die Queues in der Hand, um die Dreißig wohl beide, Martins Elegantes maduro glomm; und eine der beiden beugte sich herunter, als er sie in der Linken hielt, und zündete sich daran eine Zigarette an?

– Ja, und Martin blickte auf, sie lächelte, warf sacht das Haar zurück, und sagte: Entschuldigung, ich darf doch? und, als Martins Lippen sich öffneten: Böse?

– Und ich, völlig verdattert, brachte nur Ach wo heraus, sie sah mich an, einfach so, sekundenlang, und nahm keinen Zug von der Zigarette, die Asche kroch höher und höher, und sie sagte: Silke, und machte eine Bewegung zur Bühne hin, zu meinen Sachen, und sagte: Sie gefallen mir, Ihre Bilder, und meiner Freundin auch, und: Verkaufen Sie?

– Franziska, sagte die andere und reichte dir die Hand, ich stand neben ihr, Martin, brauchte ja dein Tuch nicht mehr zu halten, und dachte noch: Komisch, wie die sich vorstellen, sah ihre Lippen, ihr Ohr mit der schimmernden Perle im Läppchen, in dem das Blut sich drängte, vom Wein oder vom Spiel oder von der Hitze, sah den Flaum ihres Nackens, ihre ringegeschmückten Hände mit den krapproten Lanzenfingernägeln, das knappgeschnittene Kostüm, das die weiche, von Schwarzseidenen umspannte Rundung der Schenkel freiließ, steckte die Hände in die Hosentaschen, und dachte …

– Alles klar, was du dachtest, aber dann gab sie mir die Hand und sagte: Ich mag Gedichte, vor allem solche, wie du sie aufgesagt hast, das war sehr schön, und dann lächelte sie und berührte mit der Stirn kurz das Queue: Oh, aber ich darf doch du sagen, oder?

– Aber bloß ich hatte den Mumm, Florian, die beiden an unseren Tisch einzuladen, ihr standet ja da wie schockgefrostet, der Messingleuchter brannte noch, und die beiden begannen zu erzählen, daß sie aus Hamburg kämen, aber nun in Dresden lebten und bei einer Bank arbeiteten,

es gefiele ihnen gut, aber alles sei noch fremd, sie hätten den Freundeskreis eben in Hamburg, das merke man an den Telephonrechnungen,

da lächelten sie wie um Verzeihung bittend, und vorn legte Tania Chet Baker ein, ihre Lieblingsmusik,

wie sie ihr Haar zurückwarfen, ihre Lippen die Gläser berührten, wenn sie tranken, ihre schlanken Finger um die Stiele lagen, mit den krapproten Nägeln, die verletzen konnten, die Blicke, die sie tauschten mit euch beiden, das Haar zurückstreichend dabei oder mit der Halskette spielend oder das Weinglas auf dem Tisch drehend, und eure Hände, eure Lippen, eure aufgeregten Adamsäpfel streifend, und ihr Duft, Parfum und gute Kleider und erblühende Haut, das leuchtende Grün des Aquariums, Flecken auf dem Tisch und der Rauch deiner Elegantes maduro, der sich mit dem der gelöschten Kerze mischte, Chet Baker spielte, die Stimmen vorne kümmerten sich um sich selbst, Emilie und Tania an der Bar, Geschirr spülend, Bestellungen entgegennehmend, Bier floß golden in schräggehaltene Gläser,

Franziska öffnete ihr Handtäschchen, nahm Photos heraus und setzte sich neben mich, Silke rückte neben Martin, um besser sehen zu können,

ich verabschiedete mich von euch und gab irgendeinen Grund an, den ich vergessen habe, und war sterbensneidisch auf euch, aber taktvoll, das müßt ihr doch zugeben, Martin, Florian? Die beiden sahen nicht sonderlich traurig aus in dem Moment, und nun erzählt endlich mal, wie ging es weiter?

Florian stand und lauschte vor Martins Tür, am Ende des Korridors, und es war ihm, als höre er dahinter Martins geschmeidige Baßstimme raunen, wenn er mit einem Modell, mit Sandra, seiner Galeristin, die ihn oft besuchte, mit sich selbst oder den Dämonen der Malerei sprach, die in den Winkeln des hochfenstrigen Zimmers hausten, unter Papierrollen und Gläsern mit vertrockneter Farbe und Lösungsmitteln, staubigen Büchern auf einer zerschlissenen Chaiselongue und einer roh gezimmerten Kommode, in der er seine Aquarelle aufbewahrte, in der grinsenden und flammenden Papiersonne in der Ecke, den Ritzen der Staffelei, deren riesige Stellschrauben Schlappohrenschatten warfen. Florian lauschte auf den Türenschlag und die verhallenden Schritte im Haus, das schläfrige Sumsen der Fliegen beim Teakholzschrank gegenüber vom Atelier, auf das Ticken der alten Standuhr in der Stube, neben der die Tür zu Martins zweitem Zimmer lag, wo er lebte. Vor ihr oder dem Teakholzschrank, wenn es im Wohnzimmer zu warm wurde, jeweils auf einem Troddelkissen, schlummerte Käpt'n Flint, dem Piratendasein zu Marschallswürde und schwerem pluralis majestatis entwachsen, reckte die Krallen im gesichtereichen Traum, grimassierte, als ob er alte Kämpfe noch einmal ausfechte, der Schnurrbart zuckte elektrisiert, die Büschelohren, die wie kleine Pelzzelte aus dem graubraun gestromten Fell ragten, bewachten seinen unruhigen Schlaf. Erst wenn Florian sich hinkniete und mit dem Mitbringsel wedelte, es vorsichtig aus der Zeitung auswickelte, rohe, noch blutige Lunge oder Hackfleisch, nahm Flint wieder von der Oberwelt Notiz, indem er gemächlich die grünen Lanzenaugen öffnete, sie vielmehr, so schien es, geöffnet wurden von der Masse seiner unangreifbar gewordenen Existenz, vom immer noch anteilnehmenden, herrischen, raublustigen Kern unter der dicken Wogeschicht Fett, vom vibrierenden Flaschenbürstenschwanz, in dem noch ein Leben wohnte.

Manchmal räkelte er sich auf irgendeinem Polster oder in einer mit alter Wäsche gefüllten Schüssel in Martins Atelier, ließ seinen Bauch von der Sonne wärmen, die durch die hohen Fenstertüren des Raums flutete und ihn mit wandernder, flächiger Helligkeit füllte, wie Martin es liebte, der dann, den farbenstarren Leinenkittel mit nur einem Knopf vor dem massigen Leib geschlossen, vor der entrückt im Licht schwebenden, unter seinem Pinsel zu Träumen hinübergehenden Staffelei stand und malte: die Augustusbrücke vor der perlmutterleichten, hellgelb und veilchenfarben gebauschten Silhouette des Ständehauses, der Sekundogenitur, der Hofkirche mit einem Teil des Italienischen Dörfchens, auf dessen Terrassenbrüstung die Storchschnäbel in flackerndem Rot prangten, eine Szene des *Portugiesischen Cafés*: Stimmen und melodisches Flüstern, das Gewebe des Gewesenen und Wiederkehrenden, des Stühlerückens und der Spannung in den zugeneigten Körpern, des Rauchs und der rätselhaften, in den Schatten verborgenen Gesichter. Martin mochte Käpt'n Flint, er entspanne ihn, wie er sagte, er mache ihn geneigt, hebe ihn auf aus allzugroßer Nähe, schenke ihm eine kleine Tür in die Vergangenheit, von der aus man unmittelbar auf die Gegenwart blicken könne, mit allen ihren Möglichkeiten ... Nur selten sprach er über Malerei. Wenn doch, dann meist abends, nach getaner Arbeit, in seinem Zimmer, das einen Erker zur Straße hin besaß, eine spartanische Liege, Bücher, gestapelt bis unter die Zimmerdecke, einen Kleiderschrank, einen Schreibsekretär mit Tintenfaß und Stahlfedergriffel, mit dem er seine Briefe und Anmerkungen in seine Lieblingsbücher schrieb, zu denen, sonderbar und verschollen, Spittelers *Olympischer Frühling* zählte und das *Nordlicht* von Däubler. Auf einem Bord über der Liege standen Schallplatten und, im Winter, ein von Sandra geschenkter Schallplattenspieler; in den warmen Tagen hatte er seinen Platz auf dem breiten Erkersims.

Niemand außer Sandra durfte Martins Atelier betreten, wenn er malte, jeder im *Portugiesischen Café* respektierte diese Eigenwilligkeit; es kam vor, daß kleister- oder ölfarbengetränkte Tapetenbürsten gegen die Tür klatschten, klopfte man ihn aus seiner Arbeit heraus. Man wartete, wenn die Tür geschlossen war, ging in die Küche und verzehrte etwas von den Gaumenköstlichkeiten, die Sandra zubereitet hatte, oder man ging ins Wohnzimmer und las ein Buch. Korra störte es nicht, kam er zufällig hinzu, im Gegenteil freute ihn jeder Besucher, meist Freunde Martins, Maler wie er, Leute, die Modell sitzen wollten, seltener Käufer, die meist jung, sehr enthusiastisch und in ewigen Geldnöten wie Martin selber waren. Fand man die Tür dagegen angelehnt, hörte man ihn ein Lied brummen oder vor sich hinpfeifen, konnte man ohne weiteres hineingehen.

Florian lauschte:

Wie geht es dir? Oh, das ist aber schön –

– Ach was, schön, Sandra, schlecht ist es, ganz und gar verhauen. Man darf eben nicht drinnen aquarellieren. Am liebsten würde ich's runterreißen –

– Das darfst du nicht, Martin, nein, gib es her, du kannst nicht urteilen, du hast zu lange daran gemalt, bist müde, kannst es nicht mehr sehen … hast du übrigens schon was gegessen?

– Nö. Hab keinen Hunger. Und bin eh' zu fett –

– Du mußt etwas essen, versprich es mir, und gib mir das Aquarell, ich bin deine Galeristin –

– Ach, Bockmist, ich verbrenn's, was sollen denn die andern sagen. Mensch, der Sand hat aber hier 'nen schönen Käse abgeliefert?

– Das werden sie nicht sagen, und wenn, dann nur aus Neid, es ist ein gutes Bild, und wehe, du tust ihm etwas an! Hab Vertrauen, es wird gut … Aber hier mußt du noch bißchen was machen, das Orange friert.

– Ich muß überhaupt erst was draus machen … verflucht, wenn ich nur nicht immer auf die paar Kröten angewiesen wäre –

– Martin!

Sie nahm es nicht übel.

»Marquis von Knietzsch?« fragte Sophie eines Tages im *Portugiesischen Café*. »Wer ist das?«

»Ein weiser, lebenskluger Mann«, erwiderte Karsten. »Ein stiller Genießer und Ironiker. Ein Ursachse, natürlich.«

»Knietzsch ist ein Ekel, aber er kennt sich aus«, wußte Tania im Vorübergehen, leere Gläser einsammelnd, »und du, Karsten, glotz' nicht so hinter den Röcken her. Na?«
»Knietzsch ist lieb«, sann Nora, als sie hinzugekommen war. »Ich hab' ihm schon oft geschrieben, einfach so, wenn ich was auf dem Herzen hatte. Jedesmal hat er geantwortet.«
»Er hat Familiensinn, philosophisch gesprochen«, meinte Florian. »Und das ist er auch: ein Philosoph. Man sieht eine Hand mit einem Siegelring, ein Salamander ist in den Stein geschnitten. Sein Lächeln ist das zugleich kühle und schmerzliche eines Ministers, der Abschied nimmt. Seine Augen haben die Welt gesehen, sie war eine Spiegeltanzfläche, und im Gebraus, im Gelächter und Entzücken, im Wirbel und in gravitätischen Sarabanden sah er für Augenblicke hindurch, in weitere und hellere Zonen, wo die Schattenfalter das Gleichnis berühren, wo Lethe beginnt und der Fährmann Zoll fordert, hörte Schritte in den hallenden Sälen der Zeit, sah den Eisatem und die Einsamkeit eines neapolitanischen Königs, und der Wind berührte seine Stirn, er sah die Segel eines Schiffs durch die Türen der Lieder und Gedichte leuchten ... «
»Träume«, beruhigte Martin.
»Ja«, sagte Nora zu Sophie, »das sind die Träume ... es ist ein Spiel, sie nennen es so.«
»Knietzsch ist ein dunkler Schütze«, fuhr Martin fort, »immer suchte er etwas, seine Gedanken waren der Bogen, seine Taten der Pfeil, und seine Bahn beschrieb die sternenbeglänzte Brücke zwischen der Welt und Arkadien, in dem doch der Tod auch war, und er wollte, daß die Menschen Mut hatten und ihrer Sehnsucht vertrauten, die sie, wenn sie die Brücke betraten, tragen würde ... daß sie Mut hatten, gefaßt zu sein in der Allgegenwart des Todes und ihr Heiterkeit abzugewinnen, die das Leben ist, der helle Kelch in seiner dunklen Hand ...«
»Sein Schatten, Sophie«, nahm Johannes das Wort, »ist verwandelt gebannt und steht am Elbufer. Wenn du ihm schreiben willst, mußt du deinen Brief auf den Sockel des Grünen Bogen-

schützen legen, zur Mitternacht fliegt er mit dem Pfeil zu den Sternen, wo Knietzsch wohnt.«

»Nein, nun hört doch, es ist ganz anders … «, sagte Florian, »Knietzsch war ein Kavalier, ein Lebemann, ein Grandseigneur vollendeter Formen, er liebte die Frauen und schrieb ihnen Galanterien, die sie ihm errötend und fächerwedelnd und mit leuchtend vertieften Augen dankten; in Wirklichkeit war er ein Graf und von hohem Geblüt, ein fähiger Offizier und Organisator, er liebte die Kunst und die Jagd und das Spiel des Lichts in einem Kabinett aus zartem Barock, das die Zeit vergessen hatte, wo das Spinett einst erklungen war mit einem Stück von Mozart, so zärtlich und intim über den Abgründen der Welt, so voller Anmut und Liebreiz im Traum verloschener Kerzen, und tiefinnig lächelnd wie Mädchen, die ihrem Liebsten schreiben … und das Licht durchschwebte noch die Gesten, der Kastellan wendete die Noten offenen Mundes und blinzelnd durchs Lorgnon, ein Paar Handschuhe noch im ergrauten Spiegel, ein verblaßter Scherenschnitt, und draußen, im Dufttraum der Rosen, gingen der Schloßherr und der alte, Geschichte gewordene Dichter, auf Stöcke gestützt und altes Französisch, und ein goldenes Blatt sank von den Platanen …«

Er schwieg mit erhobener Hand und traumgefüllten Augen. Dann berührte er Nora. Sie saß auch dann noch reglos und wie gelähmt, als er schon aufgestanden war und sich verabschiedet hatte:

»Ich muß noch dichten, Freunde!«

Hin und wieder trafen sie sich abends in der Stadt. Vorher ging es noch zu Sandra, zu Arndt und Isabel, wenn *Tango Verde* nicht spielte. Da Sandra und Arndt eigene Autos besaßen, war die Platznot nicht so groß, lieber jedoch war allen das Fahrrad, denn wer Martin, der immer einen Skizzenblock dabeihatte, zu Zeichenstudien in eine Bar begleitete, kam mit ihm selten anders als im Zustand des »Glückseligen Schwimmens« heraus, wo das Fahrrad dann eine prächtige Stütze abgab, die in elegan-

tem Schwung um die silbermoosigen Schnapsunken auf den Straßen half ...
Sie trafen sich am Rietschel-Denkmal auf der Brühlschen Terrasse. Manchmal sah Florian Sophie schon von weitem, eher als die anderen, die hinter ihm ihre Fahrräder die Treppe der *Vier Tageszeiten* hinauftrugen. Sie saß dann vor der Sekundogenitur, eine Zeitung oder ein Buch in der Hand, allein an einem der kleinen, runden Tische des Cafés oder neben einem Touristenpaar, ältere Leute zumeist, gebräunt von vielen Urlauben im Süden, die teure Kamera neben den goldgeränderten Mokkatassen und Löffelbiskuits, welche der Mann, den weißen Pullover über der Brust vor hellem Hemd geknotet, mit der Würde eines hanseatischen Senators aß, während die Frau im Baedeker blätterte und daraus vorlas, mit lackiertem Fingernagel vergleichend ... Es waren noch Semesterferien, man sah nur wenig Jugend, so daß er Sophie in der Menge der Flanierenden, Operngäste zumeist am Abend, Reisegruppen, Cafébesucher, fast immer sofort bemerkte, auch wenn sie, von kurzgeschnittenen Alleebäumen halb verborgen, am Terrassengeländer lehnte, bei den Bänken, auf denen die Liebespaare träumerisch und ruhig auf den Strom sahen, die Augustusbrücke, die kreisenden Möwen über den sanft gewiegten Dampfern, das gegenüberliegende Elbufer, wo das Finanzministerium in der Pracht seines neuen Kupferdaches leuchtete. Um sie eine halbe Minute länger für sich allein sehen zu können, ungestört von vielleicht folgenden und wieder zurückkehrenden und dann gewiß voreilige Schlüsse ziehenden Blicken der anderen, rannte Florian jedesmal, so schnell er nur konnte, die *Vier Tageszeiten* hinauf, sein metallenes Windspiel über den Schultern, drei, vier Stufen auf einmal nehmend, blieb keuchend erst auf Höhe des Ständehausturms stehen, setzte das Rad ab, schob es rasch und zugreifend rücksichtslos in die Menge gleichgültiger Passanten, um desto mehr Sekunden für den Traum zu haben, der um sie war, jenen pastellenen Helligkeitsduft, zart und atmend wie Seerosen auf einem Bild von Monet ...

Einmal hatte er sie neben einem Mann gesehen, der gelassen auf die Sehenswürdigkeiten in der Ferne tippte, den Elbbogen vor der verkehrsüberfluteten Carolabrücke, die blaßblau schwingenden Loschwitzhöhen. Sie stand ans Geländer gelehnt, sein Fernglas vor den Augen, während ihr Hut vergessen auf einem der weißen, runden Tische des Cafés lag, neben einem Wochenmagazin, schmelzendem Eis in einer Kristallschale, ihrem geschlossenen Buch, er beugte sich mit der arzthaften Einfühlsamkeit, die flirtende, Einsamkeit verbergende Mittdreißiger haben, über das Geländer und zu ihr, wenn sie etwas sagte oder, seinen vorsichtig tippenden Weisungen folgend, lächelte, und Florian hatte, plötzlich ernüchtert, weil sein schweres Atmen in ihrem von der Abendsonne und vom Glanz der Kunstakademie berührten Haar geblieben war, in ihrem Lächeln, ihren Händen, die mit dem Schraubenring des Glases spielten – er hatte sich abgewandt, denn er war schon heran, nahm das Fahrrad und seinen Lauf und sich selbst in seinem, wie er glaubte, etwas lächerlichen Aufzug zurück – dem zu großen, an den Ärmeln leicht abgewetzten Jackett, das er im *Aquarium* immer trug zum offenen Hemd, der bequemen leichten Hose, die er hochgeschlagen hatte. Meist aber saß sie allein, hin und wieder vom Buch aufschauend in Richtung des spielerischen Grüns der Alleebäumchen, aus dem die Freunde sich lösen würden, und wenn sie Florian entdeckte, glitt ein Lächeln über ihr Gesicht, sie sprang auf, winkte und lief ihm entgegen, den Hut festhaltend, der wie ein großer, heller Falter auf ihrem honigblonden Haar saß, mit der anderen Hand dämpfte sie das Schwingen ihres Kleides. Wie sie ihm entgegenlief und dann begrüßte, erfüllte ihn stets mit einer rauschhaft emporschießenden Freude, es war ihm, wenn sie seine beiden Hände nahm, sich auf die Zehenspitzen stellte, um ihm etwas Schönes, das sie erlebt hatte, zutraulich ins Ohr zu sagen, als breiteten sich purpurne Flügel in ihm, die weit über die Grenzen seines Körpers hinausgingen, mit jedem ihrer Schritte oder ihrer Worte wuchsen, bis sie alles um ihn davontrugen, Alleebäume, das weiche Filigran des Geländers, hinter dem bruchlos das Schattenblei des Stroms begann, die splitterhafte Erinnerung an die anderen irgendwo hinter ihnen, vielleicht gerade auf der letzten Stufe der Freitreppe, die dunkle Masse der Kunstakademie mit ihrer wassergrauen Plisseekuppel ... Wie verwunschen und erhoben gingen sie langsam zu ihrem Tisch zurück und warteten, bis die anderen heran waren, Nora in einem blauen Kleid, das ihr schulterlanges, kastanienbraunes Haar, so schien es ihm, hinauftrug an einen Septemberabendhimmel: Vogelschwingen vor dem Mond, der ruhig und hell wie ihr Gesicht war, hell und leuchtend still, Karsten neben ihr, Pegasus in der Rechten, so daß sich Nora daran festhalten konnte, Martin hinter den beiden, neben ihm Sandra in einem schlichten Kostüm; er trug ein weißes, kragenloses Hemd unter dem kartoffelfarbenen Jackett, das sie ihm nicht auszureden vermochte, die Zigarre glühte in seinem bleichen Gesicht, die Augen funkelten, wenn er zu den Malern und ihren Zeichnungen ging, die im Wind baumelten, mit Wäscheklammern an Leinen und Ständen befestigt ... Johannes und Isabel kamen manchmal von der anderen Seite, vom Albertinum her, um zu sehen, wer schneller war, und dann lachte Sophie, wenn sie sah, daß er Isabel neckte, ihr das Haar verruschte, die Sonnenbrille wegnahm ...

– Hört ihr sie, die Sirenen der Schiffe am Abend? Die Sirenen der Schiffe am Abend ... Sehnsucht, du kommst auf dunklen Flügeln, schwer von Schatten, von Zeit. Die Sirenen der Schiffe am Abend, hört ihr die Musik, wenn sie schweigen, Musik, die leise erklingt auf dem Fluß, dem vom Abend erfüllten, der den Silhouetten ein gereiftes Spiegelbild gab, das dunkle, uralte Auge, von den sandigen Wimpern der Dämmerung beschirmt, der Asche der Heimkehr,

ich erinnere mich, Martin, und da war die Abendrose, die den Strom berührte wie die Stadt, das Leichte trat aus der beruhigten Kontur, klar war das Auge, und wie dufteten ihre Blüten auf den Himmelsebenen, mit ihren schwermutsgoldenen Rändern,

den glühenden Flüssen oben, darauf zerbrochene Wellenfächer waren und Schattenboote,
oder waren es Vogelzüge, war es die Schrift der Zeit, waren es Schnitte, die tausend Lote in die Haut des Meeres kerben, es war die Zeit, Johannes, und ihre kaum geöffneten Türen, die zu den Sälen führten mit den Schritten der Erinnerungen, dem geatmeten Rauch vor den prächtigen und schweigenden Wänden,
und der Himmel über der breitschiffigen Kirche barg das gleißende Kreuz, von der Sonne berührt wie von erlösender Hand, und dort zu fahren, im Grenzenlosen,
aus dem die Abendrose wuchs, das den Strom zu sich nahm, den besänftigten, mit den lebendigen Quellen, den Stimmen unhörbar, den Gesängen der Zeit,
unten die Frauen auf der Brühlschen Terrasse, in hellen Kleidern vor dem Sternenbogen,
wie ihr Lächeln war, das lichtgewärmte, Worte, die Liebende von ihren Lippen pflückten in Küssen, Schritte wie Blütenschnee von Japankirschen, das Haar schwebte in Sonnen,
am Café, Martin, dem kindlichen Barockspiel, vertrauensvoll gelehnt an seine dunklen Brüder,
die gewölbte Schwärze der Kunstakademie, wohin öffneten sich die lichten Flügel, was beschirmte die Kuppel,
und das Innen unsichtbarer Augen, wovon abgewandt, von der Zeit, von der Zeit?
– Das Geplauder, und das Wehen der Kleider, Tische schwebten weiß im Wein der Luft, und die Linien der Hände, unwiederholbar, an Geländern, am Fluß, vor den lichtesten brennenden Bitten der Bäume, vor der Sehnsucht der Körper, der Sprache, der Stunde, vor den Worten der Zeit aus unruhvollem Munde, den Schiffen und der steinernen Braue des Stroms, vor dem Erstaunen des Abends und dem Schatten Roms, Sehnsucht macht aus der Quelle ein Meer, das Auge der Träume wird niemals leer …

Jeden Morgen stand Sophie in aller Frühe auf, etwa zur gleichen Zeit wie Florian. Manchmal begegneten sie sich auf der

Treppe, mit zerstruwweltem Haar und noch in ihren Schlafanzügen, auf dem Weg vom und zum WC, und Sophie lächelte, wenn sie ihn sah, machte einen Scherz nach dem Morgengruß, fragte ihn nach der Musik, die er abends vor dem Einschlafen hörte. Das war eine gemütliche halbe Stunde mit Kopfhörern und der Empfindung, aus den Schranken der Wirklichkeit ins Reich der Musik gelangt zu sein, oder nach Lissabon und London, La Valetta oder Kairo, nach Istanbul und Quito, wenn er die rauschenden, schwankenden Kurzwellensender hörte und träumte, er befinde sich in einem Flugzeug, und unter ihm glitzerten die silbernen Städte, von denen ihn nichts mehr trennte … keine Furcht, kein Bewußtsein einer Gefahr, da die Nacht ihn leitete und gütig barg, in denen er zuhause und willkommen war, wo man ihn liebte, und wo die Wunderpforte erschien für die Karawane der Menschen, die im Herzen Kinder geblieben waren, für die Träumer mit den goldenen Augen. Rot leuchtete die Kompaßnadel im Cockpit und wies den Weg, er flog am Rand der Sterne. Und er, der früh aufstand, aber ein Morgenmuffel war, sah halb ungläubig, halb mit stiller Freude Sophies frisches, leuchtendes Gesicht und die Fröhlichkeit, mit der sie seine Frage, wie sie denn geschlafen habe, beantwortete, und lauschte dann, die Zahnbürste im Mund oder das Gesicht voller Rasierschaum, wie sie, irgendeinen der Hits im Radio mitsingend, in ihrem Schlafkämmerchen nebenan hantierte. Dann startete sie in leichtem Turnzeug zu ihrem Morgenlauf, auf dem sie Martin begegnete, denn dieser, der von ihnen allen überhaupt zuerst aufstand, noch zeitiger als Sophie, erzählte Florian, daß er sie gesehen hatte, wenn er von seinem Morgenspaziergang zurückkehrte, den er immer in der Dämmerung begann, und Florian eine von Frommanns Semmeln vorbeibrachte, die er direkt aus der Backstube kaufte. Herrliche Semmeln waren das! Behäbig geschwungen wie der Körper einer Bratsche, oben abgeflacht, keine vollkommene Wölbung, was auf zu sparsames Verwenden von Teig hatte schließen lassen, stattdessen ruhiges Abklingen, nicht weiter gesteigertes Wollen, wie die besänftigende Geste des vielerfahrenen Meisters, der das Gären des Schülers wohl kennt, aber es lenken und fruchtbar machen will. Zarte Einkerbungen in den Seiten, nicht zu tief, das hätte Rissigkeit bedeutet, ein Zuviel an Kruste, stattdessen lagen sie, und es sah nur auf den ersten Blick so aus wie beliebige Höhe, genau im Zenit des Backgleichgewichts, zwischen Verbrennen und lau-gleichgültiger Engerlingshaftigkeit, so daß das Gold der Tiefe geweckt wurde und ruhig die Augen aufschlug. Öffnete man eine solche Semmel, sah man hier und dort glatte, sattkäsige, schräg durchschnittene Teigkuppen, an diesen Stellen hatte der Stahl Schmeckproben an sich hinabgleiten lassen, daneben, wie helle Miniaturbewaldung, der Weichdunst gewölkter Flokkung. Reste von Mehl wie das Kommapuder, das nach dem Feinschliff eines Kunstwerks noch abgeklopft wird, die Poren wie Grieß, die Butter versank im Kapillarnetz ihrer Hitze, sättigte es goldgelb, so daß der nächste Butterschnitz schon oben blieb und auf der Zunge zerging. Solcherart waren die weizenblonden Nahrhaftigkeiten, die Frommann buk und die Martin als *Dresdener Dudelsäcke*, Karsten als *Engelspopos* und die übrige Kundschaft eben schlicht und einfach als *Semmeln* bezeichnete …

Auch Sophie kam auf den Geschmack, versagte ihn sich aber schon bald wieder.

»Ich muß auf meine Linie achten! Du nicht, du bist ja fast noch dünner als mein Bruder!« klagte sie und schüttelte den Kopf, als Florian ihr auf der Treppe begegnete, sie schon im Trainingszeug, er noch im Pyjama.

»Aber du bist doch schlank, Sophie, wirklich!«

»Ach was, dick bin ich! Und wie! Viel zu dick!«

»Das bildest du dir nur ein. Bist du nicht.«

»Bin ich doch!« beharrte sie und lief die Treppe hinab.

Nach einer guten Stunde pflegte sie zurückzukehren, rot im Gesicht und mit schweißnaß verklebtem Schläfenhaar. Einmal zeigte sie Florian, der gerade von Martin herunterkam, mit glücklichem Lächeln ein Mitbringsel.

»Sieh mal, was ich gefunden habe, einen Tannenzapfen! Ich bin bis in den Wald gerannt, das war so schön, die Vögel haben gezwitschert und das Licht kam zwischen den Bäumen vor, und die gute Luft ... riech mal!«
Heftig atmend noch, hielt sie ihm den Zapfen hin, der würzig nach Harz roch.
»Ein Fichtenzapfen, Sophie. Ah, der duftet herrlich.«
»Ein Fichtenzapfen?«
»Er lag doch auf dem Boden?«
»Ja.«
»Tannenzapfen lösen sich auf, wenn sie die Samen verstreuen, zum Schluß steht nur noch die Zapfenspindel auf dem Baum, wie ein kleiner Florettdegen. So wie den hier findet man sie nicht auf der Erde.«
Sophie strich sich über die Schläfe.
»Woher weißt du das?«
»Mein Vater hat mich oft zum Wandern mitgenommen. Er wußte solche Dinge. Er konnte die Uhrzeit bestimmen und brauchte nichts als ein paar unscheinbare Blumen dazu.«
»Und ich hab gedacht, es wäre ein Tannenzapfen.«
Sie zupfte an ihrem Pullover. Ihr Gesicht hellte sich auf.
»Aber das macht nichts, schön sieht er trotzdem aus, und er riecht so gut!«
Fröhlich pfeifend ging sie. Und dann, beim Frühstück, hörte er, wie Sophie nebenan unter der Dusche wie ein Vögelchen zwitscherte und trällerte.

An manchen Abenden hatte man das Gefühl, auf etwas Wunderbares warten zu können, das sich wirklich lösen würde aus den Fernen, von denen die Linden und Akazien flüsterten, und mit dem die unverlorene Nähe im Einklang sein würde, so wie etwas Vorbereitendes insgeheim mit dem Vorbereiteten schon im Einklang steht – das verzauberte Haus, Frauen in ihren bunten Sommerkleidern, die Kinderwagen schoben oder ihre Kinderchen neben sich trappeln ließen –, und da gab es dann Begeg-

nungen mit Katzen und schwanzwedelnden Hündchen oder, am interessantesten, mit anderen staunenden Menschlein, weil der Luftballon zu ihnen geschwebt war oder die Mütter sich kannten und oben, in ihrer Riesinnenhöhe, Neuigkeiten tauschten, Baukräne, die in Richtung Johann-Meyer-Park standen und an Flamingos erinnerten, würdevoll über ihr Spiegelbild gebeugt, das von den Dächern fließende Licht ...
Etwas trug ihn davon an solchen Abenden, wenn er aus dem *Aquarium* kam, die abgeschabte Tasche unter seinem Arm erschien ihm federleicht, obgleich Korra ihm öfters für Martin schwere Bücher mitgab, Fraengers *Grünewald* etwa oder Jahns *Deutsche Renaissance*, alles war leicht, und der Dust der Akazien trieb heran, wenn er sich seiner Straße näherte, und geriet in gelassene Unordnung, wenn der Wind eine Bewegung machte, vielleicht war es die Stunde, wo er den Engeln das Haar schnitt und ihre Löckchen zur Erde sanken.
Etwas trug ihn davon, mit jedem Schritt gelangte er in schwerelosere Bezirke, dorthin, wo man die Arme ausbreiten und fliegen konnte voller Vertrauen; die Fenster waren eine blinkende Flucht und hinter ihm, in den belebteren Zonen, glitten die Autos wie Schleierfische dahin, durch die Aquamarinflüssigkeit der Luft, er schloß halb die Augen, als er die Woge der Rosen über der Mauerkrone sah, am Ende der Straße, drinnen im Hof würden die Damen am schwimmenden Weiß der Tische sitzen, die Schachspieler daneben und die bücherlesenden Philosophen ...
Denn bei Sonnenschein stellten Tania und Emilie Tische und Stühle in den langsam wandernden Schatten des Birnbaums, nachmittags und am frühen Abend war die Zeit von Mokka und Apfelstrudel, Schwarzwälder Kirschtorte und Emilies Quittenschnitten, und die Damen, weißhaarig wie Emilie, hellgekleidet und mit Schleierhüten an den Tischen sitzend, waren ihre Freundinnen, die mit blumenhaften, verklärenden Gesten von einer in ruckhaft schweifenden Erinnerungen unzerstört und lebendig gebliebenen Jugend plauderten ...

– Die weichen Linien, die ihre Hände in die nachgiebige Luft zogen, wenn sie sich vorbeugten unter immer noch koketten Oh, Ach ja, Ach nein oder Hm, Ja, Gott, Ja, wenn sie an den fast durchsichtig dünnen Täßchen nippten, die schimmernden Hüte nickten im sanften Wind …
– Während ihre Trägerinnen, die fesch gekleideten Jugendfreundinnen Emilies mit ihrem Erbschmuck und taubenfarbenen Schuhen, den tabakbraun oder friedhofsgrau gekleideten Schachspielern, den eisenhaarigen, auf ihre Knotenstöcke gestützten Philosophen an den Nebentischen nur hin und wieder flüchtige Beachtung schenkten …
– Die beharrlich schwiegen, so war es ihre Art, bis Holetschek und Korra kommen würden; sie lasen in ihren bei ihm gekauften alten Büchern und machten mit Buntstiften Anstreichungen, oder sie schienen ganz in sich selbst oder der gleichmütigen, attischen Bläue des Sommerhimmels zu ruhen, in der gleichwohl die flüchtige Beachtung von den Nebentischen ein wahrgenommenes Muster bildete, auch am Brett, wo es im Sizilianischen oder einem Damengambit reglos versank … und nur ein kaum wahrnehmbares Vibrieren der Nasenflügel, ein Brilleputzen, eine Wimpernschärfung, eine scholastisch feine Differenzierung des Pupillenzustands ließ erkennen, daß es in diesen gleichmäßig dahingehenden Sommerstücken noch ein anderes Gespräch gab …

»Verehrer – Verzehrer«, kommentierte Emilie trocken, wehte in hinnehmbaren Abständen aus den Schankräumen, lächelte, gab ein Kopfnicken, begrüßte ihre Freundinnen, die sich in der Subtilität ihrer kleinen Vorhaben sonnten, ebenso hinnehmbare Abstände entwickelten und nicht einmal den Mokka oder den Apfelstrudel umsonst wollten, den ihnen Emilie als kleine Erkenntlichkeit geboten hatte … Wenn es zu dunkeln begann, erhoben sich die Damen und gingen. Die Philosophen halfen die Tischdecken wechseln, klopften sich gelassen die Kuchenkrümel von den Kleidern und folgten Tania nach drinnen, denn Holetschek und Korra würden zuverlässig bald auftauchen, wenn es von St. Pauli sechs geschlagen und das *Aquarium* ebenso wie *Cook's Basar* die Türen geschlossen haben würde. Sie gingen nach drinnen, ruhig und mit lupenblanken Brillen, die Gläser funkelten wie die Rapiere, die sie den Nachmittag über gegen Nietzsche und Wagner geschliffen hatten, Holetscheks und Korras Abgötter. Nur die Schachspieler saßen noch eine Weile und brüteten über einer vertrackten Stellung, bis es auch für sie zu dunkel wurde und sie Emilie die zusammengestrichene Partie im Lackkästchen zurückbrachten, sie hatten die Position im Kopf, für ein andermal. Denn nun kam die Zeit von *Tango Verde*, der weithintragenden Geschichten und des ununterscheidbaren Gemurmels, der verfließenden Schatten und der schweifenden Blicke hinter kräuselndem Rauch, der jungen Frauen, die zu zweit oder zu dritt kamen, sich an die Theke setzten und mit einem Zurückstreichen des sattglänzenden Haars die lichtblasse und verletzliche Haut ihres Nackens entblößten, die Zeit der Blumen, die ihre seidenknisternden Schenkel umschwebten, wenn sie sie übereinanderschlugen und mit ihren hohen, spitzen Absätzen wippten, die Zeit des Begehrens.

Wenn sie Lust hatten, holten Karsten und Johannes Florian vom *Aquarium* ab und gingen gemeinsam, hin und wieder waren auch Martin und Arndt dabei, zu Nora in ihren Salon *Zur Entspannung*, betraten die kleinen, zu ebener Erde liegenden Räumlichkeiten, legten sich, nur mit einem Handtuch um die Lenden bekleidet, bäuchlings nebeneinander auf die Liegen und ließen sich von Nora und ihrer Gehilfin Katrin verwöhnen. Zum leisen Dahinträumen ferner Meditationsmusik, während der wunderbar entspannenden und zärtlichen Massagen der Frauen, schnurrten sie bald wie liebkoste Kater. Die anderen gewöhnten sich daran und äußerten allenfalls sachten Spott darüber, daß Florian immer von Nora massiert wurde, die begnadete Hände besaß (meinten Holetschek und Kajetan Klakus), Florian genoß ihre Hände, ihren Duft und das bergende, liebevolle Geräusch, das ihre Haare machten, wenn sie beim Vornüberbeugen nach vorn rutschten; sie massierte ihn, und manchmal spürte er die sanfte, sternenleise Berührung ihrer Brust auf seinem Rücken. Auf der Liege nebenan knurrte Johannes vor Behagen unter den Händen Katrins, die Öl auf seinem braungebrannten, jungenhaft sehnigen Körper verteilte, und lächelte zufrieden wie ein alter Pascha, der von seinem Harem das Fell gekrault bekommt. Nora unterhielt sich leise mit Florian, fragte ihn dies und das, und dabei sah er auf das Photo von Emilie ihm gegenüber, es stammte aus ihrer Jugendzeit und zeigte sie, die Augen mit der Hand gegen die Sonne schirmend, die Hände in die Hüften gestützt, in Ledermontur mit Fliegerkappe und Motorradbrille vor der kleinen *Klemm*, die sie geflogen hatte; fest und ein wenig skeptisch stand sie davor, eben von einem Flug über den Himalaya und die berüchtigte Timorsee zurück, in der Hand den Hindenburg-Pokal, die höchste Auszeichnung für Sportflieger. Wenn Nora schwieg, lauschte er:

– Die Photos, verbräunt und mit fließenden Rändern in kleinen Passepartouts, in einer Mahagoni-Schatulle bewahrt, die Emilie an den Sonntagen aus dem Vertiko nahm, bevor sie hinunter ins Café ging, und auf den schweren Damast des Wohnzimmertischs stellte, neben die Kristallvase und die Schale mit Pralinen, und wenn sie saß und dem Besucher mit durchbrochener Zuckerzange von den Pralinen aufgetan hatte, nahm sie ehrfürchtig ihre Jugend zur Hand, nickte versonnen, über die Photographien gebeugt, die Hand an der Stirn, All die Jahre, Florian, all die Jahre, und dabei ist mir, als sei es gestern erst gewesen …

– Kinder mit langem, seidigem Haar, mit Matrosenmütze und Matrosenkragen, weiße Kniestrümpfe mit Schleifchen, und sie ritten auf einem Schaukelpferd Fritz oder standen neben ihrem älteren Bruder, erstaunt vor dem schwarzen Ziehharmonikagehäus, in das der fremde Mann sie bannen sollte, der Ältere wußte es besser und trug Verachtung und Hochmut zur Schau und hatte Heine in der Hand, das Sonnenkind dagegen eine Flinte oder einen Reifen oder eine Kreiselpeitsche; dann kamen

Kürassiere und die Germania auf dem Altmarkt, Photos von der Schloßgasse und der Frauenkirche, von einem Geschäft, über dem C. ROBERT KUNDE stand. Meine Schwester hat dort angefangen, Stahlwaren, Bestecke; Emilie klappte ein altes Saffianetui auf, ausgepolstert mit gelber Seide, und legte die Zuckerzange wieder hinein, C. ROBERT KUNDE, und dann Emilie selbst, die hohe, schlanke Gestalt mit Träumen über dem Haar, Emilie sagte nichts, sondern lächelte nur ruhig und berührte die Briefmarkenränder der Photographien, so daß nun ein Schimmer von Dunkel, von Hoheit auf dem weißen Damast lag: Das ist er, sagte Emilie mit schüchternem Lächeln, so sah er aus, er war Arzt und kam dann nach Stalingrad …

– Die gebogene Nase gab seinem Gesicht etwas Falkenhaftes, eine Aura von Leidenschaftlichkeit lag um seine Züge, um den hellen Aufflug seiner Stirn, der Sonnenstirn, die die Berührung von Poesie und Musik kannte, von Wanderungen zur Kirschblüte; Augen, ins Andere getauchte Blicke, wie geschaffen, Spiegel zu sein von ihren, und einst hatte er Emilie im Ballhaus Watzke gesehen, inmitten einer in Schneeblütentüll gekleideten Mädchenschar, unter dem Lichtschaum der Lüster, der die Schultern der Damen in kühlen Glanz tauchte, hatte sie gesehen, wie man manchmal sein Schicksal zu sehen meint, betroffen von ihrer Schönheit, die ständig umleuchtet war von einer Korona schellackschwarzer Kavaliere, die mit ihren starren, lichtblinden Monokeln wie schwermütig fleuchende Motten wirkten, an Säulen eng beisammen lehnten oder an den langen Tischen im Karree vor der Tanzfläche saßen und irgendeine Konversation führten, umgeben von luftigem Gelächter und Andeutungen zarter Hände in Seidenhandschuhen, dem Wohlwollen des Dufts, des Vornüberbeugens, hatte sie gesehen und mit aller Glut und Leidenschaft, derer ein feuriger junger Mann fähig ist, gewußt: Die ist es, oder keine …

– Und Emilie hatte ein Taschentuch verloren, ein Blumengespinst, einen Duft, eine Schaumkrone, vom Fuß der Meerjungfrau berührt, und er, atemlos und der anderen nicht achtend, war hin-

zugestürzt, hatte es aufgehoben, zum ersten Mal waren sich ihre Blicke begegnet, still verwundertes Schlehenblau und sehnsüchtiges, leidenschaftliches Dunkel, eine kleine Ruhe war entstanden, als er es ihr, sich verbeugend, zurückgab, ein Riß in der flirrenden Stunde, und er hatte sie, all seinen Mut zusammennehmend, peinigend gemustert von den Blicken ringsum, um einen Tanz gebeten, da der andere, der schreckstarr stehende Schwarzweißling mit Pomadenglanz und blendender Hemdbrust, für ihn nicht existierte, und sie hatte ihm einen Tanz gewährt zu unvergeßlicher Musik ...

Florian sah das Photo und erinnerte sich unter Noras Händen, daß Emilie dieses Stück auf einer Schallplatte besaß, noch immer, sie hütete sie wie einen Schatz; er, von dem sie mit unverminderter Liebe sprach, hatte damals die Hälfte seiner Ersparnisse ausgegeben, damit die Tanzkapelle dieses Stück aufnehmen konnte, nur für sie und ihn die unvergeßliche Musik jenes Abends, an dem sie mit ihm getanzt und ihn berührt und von einem bestimmten Moment an gewußt hatte, daß es dies nie wieder geben würde, bei keinem anderen, und daß ihr Herz ihm antwortete – er war in Stalingrad geblieben.

Wie es war, Erinnerung, wie es war:
Wenn Martin und Karsten und Johannes von einem Hellsichtigen Trinken, wie Martin es nannte, zurückkehrten in den Morgenstunden, enthemmt und beseligt, der Duft des Brotes drang von Frommanns Bäckerei heran, nahrhaft und vertraut und gut, so lebensgut, daß sie stehenblieben und sich die Lungen vollsogen, um anschließend bei Isabel oder Tania zu klingeln – nicht aus Böswilligkeit oder Verständnislosigkeit, sondern, in der Weinlaune, aus einem unbewußten Drang nach Liebe, nach der Nähe und den Berührungen von Frauen, denn schöner noch als frisches Brot roch Isabels cremehelle, mit kleinen Leberflecken besternte Haut, schöner war der Duft von Tanias wildem, ungebärdigem Haar und ihrer Achseln, wenn sie an den Abenden

servierte und sich beim Einschenken vornüberbeugte, so daß man die seidige Reife, die atmende Wölbung ihrer Brust sah … Die drei standen vor den Fenstern der Frauen, nach einer Weile flammte Licht auf, Tania oder Isabel sahen nach unten, Gesichter und Arme bleiche Flecken im grauenden Morgen, und riefen mit gedämpfter, verschlafener Stimme, wer da klingle, und Martin schrie:
»He, Isabel, guten Morgen!« (schwankte und mußte an einem Laternenpfahl Halt suchen)
»Psst!« zischten Karsten und Johannes zugleich, gluckstén vor Lachen und hielten sich aneinander fest, »bssd, mei Gud-sder, die Nachbarn, schschhh«, säuselten sie, es klang wie Luftballons, die prustend zusammenschnurren, und Isabel (oder Tania) rief:
»Seid ihr verrückt geworden? Schaut mal auf die Uhr …!« Doch Martins rollender Baß dröhnte durch die Dunkelheit:
»Du bis'grosardig, gans, gans grosardig, das wolld'n wir dir schon lange sagen.«
»Schön bis'du, T'anja, wunderschön … Isch … isch … schwöre. Schön is'dei Haar, so schön wie …«
»'ne Gastanje …«, fiel Johannes ein und wedelte lachend mit den Händen, als habe er sich verbrannt.
»Ihr seid ja stockbetrunken, macht, daß ihr ins Bett kommt, ihr drei, und seid leise, ihr weckt ja mit eurem Geschrei alles auf!« Zwei Köpfe waren nun am Fenster zu sehen.
»Ins Bett!« brüllte Karsten, »in deins … End-ziggend bis' du … laß misch zu dir!«
Martin und Johannes zerrten Karsten hoch, der außer Rand und Band geraten schien, denn er hatte sich auf die Knie fallen lassen und flehte mit hocherhobenen Armen zum Fenster hinauf, die Frauen lachten leise, halb schon besänftigt und geschmeichelt, als die drei schließlich weitertorkelten, und Karsten spähte noch einmal durch die Dunkelheit zu den Fenstern, in denen das Licht bald wieder verlosch, und winkte … Manchmal winkten die Frauen zurück, lächelnd, oder Tania schimpfte und machte ihnen abends zornige Vorhaltungen, die Johannes mit einem

Handkuß beantwortete. »Arroganter Kerl!« sagte Tania dann. Johannes spitzte die Lippen zum Kuß.

Karsten wohnte zwei Stockwerke unter Johannes und Florian, drei unter Martin und Korra. Seine Wohnung stand abends meist offen. Wer wollte, konnte hineingehen, sich die Schuhe ausziehen und sich etwa mit einem Buch aus dem hohen, altersschwachen Bücherregal, das gleich neben dem Eingang stand, hinsetzen, wo er Platz fand – in einer Ecke des Korridors oder auf den stämmigen Osterinselkopf, den Martin im vergangenen Winter aus einem alten Hackklotz gehauen hatte: »Damit es bei dir endlich einmal wenigstens einen Stuhl gibt, auf dem man keine Angst haben muß, durchzubrechen«, dort konnte der Besucher sitzen, irgendwann würde Karsten auftauchen und »Hey, wie geht's?« oder »Arndt ist nicht da« oder »Auch einen Kaffee?« sagen, die Tasche mit den Notenblättern, an denen er im *Portugiesischen Café* gearbeitet hatte, noch in der Hand. Und dann konnte der fremde Besucher wieder gehen, wie er gekommen war, und wenn er das Buch mitnahm, und vielleicht nicht nur das Buch, sondern auch eine Schallplatte mit Boogie-Woogie-Rhythmen, oder ein Blütenblatt aus dem Fünfmarkscheinstrauß, der seit dem Einzug auf dem Bücherregal Staub fing, und wenn Isabel Arndt und Karsten dann deswegen Vorwürfe machte, weil überhaupt nur sie das Durcheinander dieser Wohnung einigermaßen übersah, dann kratzte sich Karsten wohl das strohig unordentliche Haar und sagte:
»Was soll einer bei uns schon klauen, hör mal. Und wenn er's mitgenommen hat, na und? Beim nächsten Mal bringt er's wieder.«
Denn an der Tür, neben den krakeligen Namensaufschriften, stand folgender Spruch:
Du kannst kommen und gehen, wie es dir beliebt. Sei unser Gast. Die Augen sind bei dir und in deinen, nicht auf deinen Händen. Was du sprichst, so es deinen Teil der Freundschaft nicht verletzt, soll gehört werden, nicht die Schatten des Sprechens, die tun.

Hast du genommen, und es war kein Geschenk, wirst du etwas von dir selbst genommen haben. Niemals wirst du es vergessen können.
Und auf geheimnisvolle Weise tauchte alles wieder auf.
»Siehst du?«, sagte dann Karsten.
»Ach«, sagte dann Isabel.

Tagsüber, wenn er zum Üben und Komponieren ins *Portugiesische Café* ging, schloß er die Wohnung ab, aber häufiger kam es vor, daß er es auch dann vergaß, und dann war es schön, Arndt und ihn zu beobachten, wenn sie zurückkehrten: Karsten gedankenversunken, den Kopf voller Motive und Melodien, die er probierend vor sich hinpfiff, Arndt ebenso gedankenversunken, ebenso den Kopf voller Melodien, beide suchten weder nach dem Schlüssel noch schienen sie im geringsten überrascht, daß die Tür offen stand – wie sie hineingingen und oft einen gedeckten Tisch vorfanden mit dampfendem Essen und einem Zettel daneben:
Ihr Deppen, ihr verdammten Leichtfüße, wenn ich nun nicht nachgeschaut hätte? Bis es mal einer spitzkriegt und Euch die Bude ratzekahl leerräumt. Gruß Isabel
Und dies war Karsten: Florian klingelte eines Abends, es trappelte im Innern, Karsten riß die Tür auf, packte ihn an den Schultern, als ob er auf ihn gewartet hätte, und brüllte ihm mit vor Begeisterung bebender Stimme ins Ohr:
»Florian, prima, ich hab was, das mußt du unbedingt sehen, komm mit!«
Er zerrte ihn ins *Kolumbuszimmer*, wie die heillose Unordnung, in der er hauste, getauft worden war, ein Fenster stand geöffnet, Isabel saß vor einem Fernrohr und sah in den Abendhimmel.
»Das ist es!« rief er. »Schau dir das an! Hab's vorhin erst gekauft, konnte einfach nicht widerstehen.«
»Ja«, sagte Isabel, als sie Florian begrüßt hatte, »denk dir, er hat es im Schaufenster gesehen, und sofort ist ihm durch den Kopf geschossen, wie wunderbar es wäre, damit die Sterne anzugukken. Da stand also unser lieber Karsten, und plötzlich hat sich

ihm eine«, sie vollführte lächelnd eine Geste in der Luft, »eine ganz neue Landschaft aufgetan, ein ganzer Kontinent sozusagen ... für schlappe tausend Mark ...«
Karsten schritt im Zimmer auf und ab, riß große Brocken aus einem Milchzopf, gab Florian davon ab.
»Es ... es ist einfach unbeschreiblich, unbeschreiblich! Du siehst da durch, und plötzlich hast du Andromeda und Perseus vor dir, und Herkules ... den ganzen *Kosmos*!« rief er begeistert aus, mit den Armen rudernd. Er stopfte einen Milchzopffetzen in den Mund und sagte kauend:
»Der Kerl, also der Verkäufer, hat mir alles genau erklärt. Was man wann wo sehen kann undsoweiter. Den Sommer- und den Wintersternhimmel. Hast du das gewußt, Isabel, daß es einen Sommer- und einen Wintersternhimmel gibt?«
»Wenn du mal ab und zu in eine Zeitung schauen würdest, wüßtest du das, mein Lieber.«
»Ach so, ach so? Aber die Sternbilder ... die Mondphasen ... und so Begriffe wie *Aszendent* und *Albedo* und ... und ... warte mal, warte mal – jetzt hab ich's: *Azimut*!
Azimut, dieses Wort, dieser Klang, was, Florian? Azimut, Azimut – und Isabel, die schimpfen tut ...« Er lachte.
»Verrückter Kerl!«
»Aber gib's zu, herrlich ist es!« trompetete er, faßte sie um die Schultern und gab ihr ein Stück Milchzopf.
»Ach, du verrückter Kerl«, sagte sie, »gibst einfach mir nichts, dir nichts tausend Mark aus, und nächsten Monat suchst du wieder alle deine durchlöcherten Strümpfe durch.«
»Ach was, Geld ist zum Ausgeben da, und was ist ein Brüder Grimm schon gegen dies?« Er trat ans Fenster und sah hinaus, zu den aufschwimmenden Sternen.
»Gegen dieses ... Wunder?« flüsterte er, plötzlich ernst geworden.

Träume, Träume des Juni, und im Wind flüsterten die Feuerkronen der Buchen und Akazien, strömte der Lindenblust, und die

Fenster der Häuser, geöffnet für die Gerüche und Stimmen und die Wärme der Tage, waren eine funkelnde Flucht, und nachts sprachen die Bäume des kleinen Parks von vergangener Zeit; da waren die Stimmen der Schiffe vom fernen Strom, von der Elbe dunklem Metall, Florian stand und lauschte, nie zuvor war ihm die Stadt so schön erschienen, in der er geboren worden war, die er mit den Augen der Kindheit gesehen hatte ... Auf den Balkonen der Semperoper standen abends die Theatergäste, und tief hinter ihnen, irgendwo in den Katakomben des Opernbaus, saß Sinopoli an einem Pult und hatte die Brille abgesetzt, saß allein in einem kleinen Zimmer, allein, lange schon in Frack und kühlem Hemd, mit vor Müdigkeit entzündeten Lidern und nervösen Händen – bald würden sie Musik sein, Stimmen und Klang, eine Form der Preisgabe ... Draußen waren die Dinge schwerelos, König Johann blickte aus bronzenen Augen in den Himmel, hinter ihm die Quadriga, steinern gebanntes Gefährt, in dem Dionysos mit Ariadne floh, von vier Panthern gezogen. Die hohen Fensterscheiben erglühten im Abendrot, hell leuchteten die Kleider der Frauen auf den Balkonen, ihre Männer standen nahe bei ihnen, das Weiß der Hemden hob sich blendend von der Frackschwärze ab, in die sie gekleidet gingen wie in eine besondere Art von Würde, sie standen vorgeneigt, um die Worte zu trinken wie Wein, und die nackten Frauenschultern streichelte der blütengeschmückte Wind. Auf dem Rundgang unter der Kupferhaube des Hausmannturmes standen Ausflügler, wiesen in die rot verlöschende Ferne und winkten, kleine Kinder winkten, ihr blondes und dunkles Haar, ihre zarten, verklärten Gesichter vom Abend berührt, die blinkende Uhr am Turm zeigte die Stunde, ihr Schlag verschmolz mit den Glockenstimmen, Wind trug sie von der Neustadt herüber, und die Menschen gingen ohne Hast. Ruhig zogen die Schatten über den Strom. Die Luft war erfüllt von stillem Schwingen, Musik drang aus den geöffneten Steinen der Stadt. Die Mandelgesichter der Mädchen, die auf der Brühlschen Terrasse saßen, an ihre Liebsten gelehnt, waren voll Vertrauen und Liebe, sie sprachen nicht, strichen nur hin und wieder das Haar zurück, ihre Nasenflügel zitterten leicht wie die Flügelränder eben geschlüpfter Falter im ersten Anhauch des Lebens, seiner hundertfältigen Botschaften …

– *Träume, Martin: Erzähl mir von den Träumen und vom Tejo am Abend, von den Türmen Lissabons und dem Geschmack des Meeres, von einem Gang durch die Baixa und vom Morgenlicht im Bairro Alto, von den Abenden, wenn Fernanda den Fado singt, im Lisboa á Noite …*

– *Dann höre, Florian, lausche, hör zu: Ich fand ihn in einem kleinen Laden in Sintra, in der weißen, vieltürmigen Stadt, er war ganz staubig, ich zog ihn hervor, den schlichten, flachen Karton mit dem Christus-Druck darauf, dem Erlöser aus Michelangelos Kapelle, wischte ihn vorsichtig ab und las die Buchstaben, die Aufschrift der Schallplatte:* CHOR UND ORCHESTER DER MAILÄNDER SCALA, VICTOR DE SABATA, *Verdis dunkles, flutendes Werk, voll mittelmeerischer Trauer, die keine Eitelkeit kennt, und die Sängerportraits im Innern des Kartons, im großen, altmodisch schönen Beiheft, Frauen in Aura und Glanz: Elisabeth Schwarzkopf und Oralia Dominguez, die Männer dunkel: Cesare Siepi und di Stefano, daneben der ernste de Sabata, hager, die Augen voll sandiger Schwermut, ich erinnere mich, wie die Melodie anhob, als ich vom Trödler nach Hause zurückgekehrt war, aus seinem düsteren Laden voll ausgestopfter Vögel in Sintra, voll alter Uhren, unbrauchbarer Waffen, fleckiger Teppiche und modriger Pergamente, in brüchiges Leder gebunden; die Melodie hob an, zuhause in meinem Zimmer hoch über der Stadt, ich sah den Tejo, Segel glommen darauf wie Blütenblätter weißer Chrysanthemen, unter mir lag das flimmernde Lissabon, Duft wehte heran, der Duft der Abende im Bairro Alto: Küchenabfälle, gebratener Fisch, Benzin, heißes Öl und der Duft des Meeres von fern, der Flut, ich sehe vor mir den Plattenspieler, die schwarze, seidige Scheibe in wiegendem Takt, das Etikett darauf türkis, Buchstaben kreisten, man las sie, so wie man ein Muster auf einem Pendel erkennen kann, für kurze Zeit an jenem Ort in der Mitte unserer Augen, unserer Wahrnehmung: ETERNA, und ich hörte die Melodie zum ersten Mal, an einem Abend in Lissabon, als die Vögel zurückkehrten, zahlreich über der Stadt und fern und lautlos kreisten, als die Wolken weiße Karavellen waren und ausfuhren ins Meer, ins abendgoldene Meer …*

II

Chrysanthemensegel

… dies ist die Stunde.
Sag mir die Zeit aus deinem Munde,
die Zeit, die wie ein Traum vergeht, in deinem Angesicht
in fremden Schriften steht, und sag mir von der Zeit,
ihr Blick ist Tod, ist Leben, Sand ist ihr Leib,
ihr Haar ein Wolkenweben …

Im August waren die Tage glühende Klingen, es gab Stunden, in denen die Sonnenschlieren in der Luft Walzen aus geschmolzenem Glas wurden, die langsam über die staubigen Straßen rollten; die Menschen gingen mit fiebernden Konturen und vom Schweiß entzündeten Augen, in ihrer aufblendenden Kleidung wirkten sie in der Ferne wie erschöpfte große weiße Schmetterlinge. In jenem August glich die Stadt einem Meer mit vielen Strömungen; unter der ruhig dünenden Oberfläche, die das fast reglose Brüten der Hitze zwischen den Häusern war, schien sich der Himmel umzukehren, einer Brennlinse gleich, die nun die Helligkeit in einen scharfen Punkt bündelt, Stromleitungen bildeten Schattengitter, durch die das Licht als Feuerglasur auf die beinahe lautlosen Bewegungen tropfte. Abends gingen Frauen in fließenden Kleidern mit ihren Liebsten hinunter an den Strom, setzten sich auf die Wiesen; die Liebenden hielten sich still bei den Händen, während über ihnen Sterne aufleuchteten und der Mond sein mildes Licht mit dem nachtblauen Wasser mischte. Aus den geöffneten Fenstern der Johannstadt, aus den Hochhäusern, die wie sprühend erleuchtete Schiffe in der Dunkelheit lagen, hörte man die Stimmen leise herüberwehen, spielerisch wie die sonnenglitzernden Zungen des Meeres, die den Strand einer Insel berühren. Nächte im August, erfüllt von Blumenduft und Sehnsucht und der Lieblichkeit der Frauen, das Haar der Berenike glitt über die dunkel schwebende Silhouette der Altstadt, und nichts gab es, was nicht lösbar und leicht erschien, die Wangen waren Süße und Bereitschaft, die Hände voll Hingabe und ruhiger Wahrhaftigkeit, und Sophie, die neben Florian und Johannes auf der Wiese saß, flüsterte *Wie damals in Kyoto …*

Es gab die Stunde der Gedichte im *Portugiesischen Café*, dies war Florians Stunde. Es war eine Zeit, in der man Dinge im Traum betrat, die seine Stimme beschwor und die Helligkeit seines Gesichts, die Glut seiner ins Andere blickenden Augen; es war die Zeit völliger Stille um den Lissabon-Tisch, ein unsichtbarer Wächter hütete sie, den Lichtspeer in der reglosen Hand, die Kerzenflamme. Dann spürte Florian, wie alles um ihn herum versank, Emilie war eine schimmernde Königin, nickte ihm von ferne zu, es war wie ein Wunsch zu guter Reise, Tania sah beim Gläserspülen herüber, verfehlte manchmal das Gläserinnere mit der Bürste, wurde herausgerissen durch jemanden, der auf einem Barhocker Platz nahm und etwas verlangte. Hin und wieder nahm er es wahr in Augenblicken gesonderter Helligkeit, dann schien es ihm, während er sich selbst sprechen hörte, als erreichte in ihm ein anderer als er selbst die phosphoreszierenden Inseln, Schnittstücke der Wirklichkeit, auf dem Meer der Zeit gebreitet wie ein Ansichtsspiel diffuser Beziehungen – der sich von ihm trennte, in den Flächen blieb und sah: Tania an einem Tisch sich niederbeugend, Tania, die ihre vom Abwasch roten Hände trocknete, Emilies Haarkrone, verschwimmende Gesichter, Billardspieler unter dem Steuerradleuchter, die verwunschen fortlaufenden Bahnen aneinanderklackender Kugeln. Anfangs war er unsicher, mußte die Stufen finden, die hinausführten, nach dem Geländer neben ihnen tasten, denn noch war es verführerisch, das kristallisch grüne Licht des Aquariums, die blitzenden Apparaturen der Bar, Tanias Augen, näher als der Atem, die zuspruchlose Mauer der Zuhörenden um ihn, die ehrfürchtig etwas schirmte und erblickte, etwas wie die grauperligen Handschuhe der Morgendämmerung, die behutsam die Erscheinungen zurücktasten, wie das Empfinden der Herzkammernform, pulsierend, unwiederholbar, ausgekleidet mit Nacht-Sagenstoffen und durchflossen vom Blut möglicher Verwundungen. Doch es versiegte und fiel, rann die bald wiedergefundene Treppe hinab, seltsamer, purpurner Faden. Martins Züge tauchten aus dem Tisch, der ein Spiegel geworden war, bleich, übernächtig, in den schattenblauen Augen zwei andere, goldene, und manchmal, wenn der Andere in Florian sprach und er selbst es war, der beobachten und in den Wirklichkeitsflächen bleiben konnte, kam es ihm vor, als ob ein zweites Gesicht hinter Martins vertrautem erschien – das eines ägyptischen Totengottes, tierköpfig, adlerwachsam, Bote einer heranfließenden dunklen Gestalt, und in den ortlosen, schon entschwindenden Punkten am Rande des Lichtkreises begann das schwarze Wasser, aus dem ihr fahler Kahn sich lösen würde. Florian sah dann auf etwas Unbezweifelbares wie auf eine Wegerinnerung, ein rasches Entkommen aus der Furcht: ein Glas mit dem schwebenden Rubin des Weins darin, den Lidschlag von Augen, Wangen, um den Lichtkreis auf Hände gestützt, die manchmal Bartschatten rieben oder Frauenhaar hinters Ohr strichen mit weichrunder Bewegung, manchmal Insekten wedelnd vertrieben, so daß die Flamme des Messingleuchters flackerte und Martins Gesicht wieder zerbrach, war es Instinkt, eine Ahnung, daß man so tun müsse? Der Traum, der ohne Zeit ist, öffnet Türen für Dämonen. Trug und Täuschung blieben, alle Furcht war ein wesenloses Gespenst. Martin griff in die Tasche seines Jacketts nach Lederetui und Sturmfeuerzeug, der Stahl schnappte, die Flamme glitt auf und brannte die Zigarre an, deren Rauchfiguren sich bald mit den anderen mischten zu träg ziehenden Schleiern.

Am dritten Augustsonnabend war Sophie zum ersten Mal dabei. Johannes kam hinzu, als Florian eine Pause zwischen zwei Gedichten machte, um etwas zu trinken, in die Lockerung ringsum brach Johannes' unruhige Farbe. Sophie nahm den Sweater vom

Stuhl neben sich, er setzte sich, sie beugte sich zu ihm, flüsterte ihm etwas zu und wartete dann, seinem Gesicht nahe, und ihre Augen streiften Hals, Wangen und Ohrläppchen in jener Verwunderung, die der Zärtlichkeit vorausgeht. Ihr zugeneigt, reichte er ihr eine der beiden Apfelschorlen, die er mitgebracht hatte. Florian wandte den Blick ab von der Unbeweglichkeit des roten Kleids, das Sophie an jenem Abend trug, sie saß neben Nora, aber es war das undeutlich nur am Blickfeldrand wahrgenommene Leuchten ihrer Erscheinung, für das er aus den Ghaselen Rumis und Hafiz' sprach, aus den Kasiden, aus den gottsuchenden Rubaijat des Zeltmachers und dem *Schah-Nameh* des Firdusi. Für sie würde er nach der Pause aus dem Divan des Sa'di vortragen, Verse aus dem *Buch der Süßigkeiten*, einem der schönsten Stücke morgenländischer Dichtkunst. Florian schwieg, niemand redete ihn an, die Pause wurde respektiert – man kannte Zeit und Ort. Sophie saß ganz still, wie Augensterne waren seine hastigen Blickaufschläge, die er trotz allem ins Verbotene sandte, und erst später würde er wissen, ob sie ein Muster gaben und ihr Licht empfangen worden war. Falter schienen aus den Formen des Halbdunkels aufzuschweben, seltsame Geschöpfe, irritiert nach hierhin und dorthin zuckend wie seine aufgewühlten Sinne, seine vor ihr scheuen Augen; sie waren zu schnell für Konturen, er sah nur Risse eines Moments – Smaragdfühler, die blauen Augenbrunnen auf dem Nachtsamt huschender Flügel, Wölbungen goldblinder Facetten, einst in den Reichen des Schlafs gekannte Paradiesesblüten, die aus glattschwarzen Flächen mit der Abruptheit einer Vogelkopfwendung brachen, um dann, nah genug, ihren Traumduft zu spüren, sich in die Tiefe zu entfalten, einen Garten in lautlosen Verwandlungen zu schaffen im Licht aller unterirdischen Erlebnisse, das sich an einen unbekannten Sinn wendet, und dort waren die Falter in Stille, nur im langsamen, wie zeichnenden Vibrieren ihrer Flügel befangen, und ihm war, als wüßten sie um die ferne Röte ihres Kleids in jener andern Welt, in der er sich gerade befand mit von ihr abgewandtem Gesicht, sich sammelnd wie sie, die gauklerisch schweifenden Boten, die zu ihr gehen würden von ihm, vielleicht in den Tod, in die rote Flamme, vielleicht aber auch in zauberisch lebendige Bilder. Um ihn ein Kreisen diffuser Schatten, Stimmen, Handreichungen, die Erscheinung plötzlich sich öffnender Tiefen, in deren Unmeßbares Lote sich senkten, und er konnte nicht erkennen in den magnetisch rasch vollzogenen Verschiebungen, waren es Blicke, Ohren, Berührungen. Vertraut waren Martin und Sandra, die gerade gekommen war, Karsten und Isabel, die ein gelb-gelbes Paar abgaben in ihren Sommersachen, chinesisch entrückt, wie er auf einmal sah, denn sie wandelten auf einer Brücke aus Porzellan, ihre Hände waren flüsternder Flieder, ihre Augen sahen sich selbst im andern, und so war die Stunde um sie zerbrochen wie das Glas eines Lotosteichs, in das sie, von der Brücke ihrer wortlosen Einsamkeit, glückbetäubte Kiesel warfen. Um Sophie blieb ein Zylinder aus Wagnissen, von dem alles abprallte, der für sich und für ihn die Achse des Raums bildete, um den alles andere floß. Tania kam und weckte ihn aus der schlafähnlichen Erstarrung, die ihn jedesmal befiel, wenn er rezitiert hatte, dann mußten seine Sinne in einen Bezirk völliger Reibungslosigkeit treten, um seinen Durst nach Ruhe zu löschen.

»Florian, was ist? Du siehst nicht gut aus! Willst du weitermachen?« Sie faßte ihn um die Schulter und strich sacht darüber hin, er empfand es als wohltuend und stillend.

»Es geht schon, danke. Könntest du mir bitte noch etwas zu trinken bringen? Was Leichtes? Schreibst du an? Ich hab mein Geld oben liegengelassen.«

»Mach ich. Aber das wäre noch schöner, wenn du bei mir bezahlst. Wir haben zu tun, wenn deine Sonnabendstunde ist. Du siehst ganz blaß aus. Hast aber auch gebrannt heute.«

Er lachte und wagte es nun, zu Sophie hinzusehen: Sie hielt ihr Weinglas in der Hand und sah auf einen Punkt zwischen sich und ihm. Tania ging und brachte ihm etwas. Die Viertelstunde Pause mochte vorüber sein, die Gespräche verstummten, als er getrunken und sein Glas hingestellt hatte.

»Aus dem Divan des Sa'di«, begann er von neuem, «Verse aus dem *Buch der Süßigkeiten*, in der Rückertschen Übertragung.« Wie immer schickte er Einleitendes zum Dichter voraus, zu seiner Zeit, seinen Verhältnissen.

Lieblich zeigt in meinem Spiegel sich dein Bild,
Weil der Spiegel rein ist und das Bildnis mild.
Wie ein lautres Glas den Wein, so offenbart
Deine Antlitzschöne schöne Sinnesart ...

– Wie es war, Martin, wenn er Gedichte sprach. Die Augen Immortellen, die Lippen flammendes Danach,
in seinen Händen Rosen und die unsichtbare Schmach –
– Im Haar der Mädchen Wellen ... – Kerl, was quatschst du? Welche Schmach?
– Könnt' ich genauso sagen: Wellen? Oder Dellen, die der Unsinnshäher stach?
– Und die Schmach,
zu Scherzen aufgelegter Freund, hat ihr Gemach, denn Dinge, die vergällen, meinst du, gibt's genug im ruhelosen
Leben eines Dichters, eben, eben, das ja nie auf Rosenblüten aufgebettet ist, sondern aus durchbohrten Hosen
ihre Stacheln ewiglich muß pellen?
– Schluß nun, Freund, dies war das Schaumlatein des Hellen ...

Florian liebte Gedichte, sie waren für ihn erfüllt von Musik und Magie; es konnte geschehen, daß er einen Band mit Versen aufschlug und ihm wegen eines Wortes, einer Zeile Tränen in die Augen traten, an einer Straßenbahnhaltestelle, im abgespannten, in sich gekehrten Geschiebe des Berufsverkehrs, wenn er von Besorgungen nach Hause kam, in der Stille des *Aquariums* oder seines Zimmers. Er gab sich der Anrührung hin, wenn er allein war, schämte sich seiner Tränen nicht. Unter Menschen aber suchte er sie zu verbergen, denn einmal hatte er Verwunderung und verhaltene Reserve gespürt, eine Leere, aufgebrochen um ihn, aus ihren Bruchfugen die wehende Kälte und die Rückzüge der Verständnislosigkeit, als er, sich selbst und des Orts vergessend, Verse von Gryphius aus vorgehaltenem Buch nachgeflüstert hatte, Zeilen und ganze Strophen auswendig nach wenigem Lesen, und nie würde er vergessen, wie er von den Umstehenden angesehen worden war, wie er gestanden hatte, eine Hand an einem Haltegriff der überfüllten Feierabendbahn, in der anderen das Buch, das im Anrucken und Bremsen leise schwankte, so daß die Seiten zu Papierarmen wurden, die Gedankenflugübungen machten, wie plötzlich um ihn alles schwieg und ihn anstarrte, als habe man an ihm eine gräßliche Krankheit entdeckt. So war er scheu geworden, seine Gefühle allzu offen vor anderen zu zeigen. In ihm gab es die Stille, aus der sich das Staunen der Kindheit entfaltet wie der Schmetterling nach vollzogener Verwandlung, und indem es ihn erfüllte und er ihm nicht wehrte, konnte es die Dinge aus ihren eingewohnten Orten lösen, er konnte sie für sich und in ihren wundersamen Formen sehen, sie gewannen neue Bedeutungen, die die Zeit auf einmal hinter sich ließen wie eine teilnehmende Geste den Fluß der Worte, sie trugen hinauf, und das, was nah und verwirrend gewesen war, nahm im Zurücksehen die großen, klaren, einfachen Linien der Liebe an, aus denen alles Streben bestand. Doch bei so vielen Menschen blieb immer der Kokon, sie mochten die Stille nicht hören, die ein Spiegel war, aus Furcht vor ihrer Wahrheit, und keine Regung ließ das Gespinst sich öffnen, vielleicht weil sie tief im Innern wußten, daß dann der Schmetterling frei und sein Flügelpaar weich und verletzlich sein würde. Ihnen gegenüber empfand er Unsicherheit, weil er glaubte, daß alle Menschen die Sehnsucht nach Gott und nach Schönheit besäßen und daß, wenn sie es abwehrten, sie diesen Trieb zu töten versuchten, und damit auch Menschen wie ihn. Einmal im Monat, an einem Sonnabend, sprach er eine Stunde, am Lissabon-Tisch des *Portugiesischen Cafés*, manchmal auch, wenn der Tag sehr warm gewesen war, draußen an einem Tisch im Hof, wo der Duft der Birnen sich mit dem des schmelzenden Wachses mischte, mit dem schwach herüberziehenden der Rosen von der Straße, Abendgerüchen. Oft gingen die Fenster auf, das Licht wurde gelöscht, und die Zuhörenden waren helle, verschwommene Flecken in der Dunkelheit, und wenn er gut gesprochen hatte, war nach einem Gedicht nur das leise Atmen der Gäste zu hören, hin und wieder ein Räuspern von den Fenstern, das Flüstern des Birnbaums im Wind, gedämpftes Armreifenklirren, wenn eine Frau sich durchs Haar strich. Gedichte ... und man konnte durch Paris gehen, es bedurfte nur eines Verses, einer andeutenden Geste – da waren die erwachenden Fenster vor den Spiegelsälen der Tuilerien, an einem Frühlingsmorgen, oder die Kristallblumen der Springbrunnen in mittäglichen Höfen auf dem Montmartre, man konnte bei den *bouquinistes* stöbern und den Schiffen auf der Seine zusehen, Eis essen auf einer vibrierenden Brücke, übersetzen zur Ile-de-France ... Er sprach für Sophie in jenem Sommer, sie saß dann nahe bei ihm, die Hände um ein Knie geschlungen oder das Kinn auf sie gestützt, und in ihren Augen leuchtete der Glanz der Flamme, und er spürte, daß sie ihn ansah, wenn er sprach, mied aber ihren Blick, drängte alles Obere ab, indem er ins Dunkel starrte und die Augen halb schloß, so daß die hellen Zuhörer in den Stockwerken über ihnen, wenn sie draußen saßen, zu bleichen Tupfen in der Dunkelheit verflossen – oder gab es in das Geräusch der Grillen und seiner eigenen, beschwörenden Stimme, das Aufbrennen der Kerze, wenn ein Wachstropfen abfloß oder ein Schwärmer im Licht den verwandelnden Tod gefunden hatte. In den Pausen wagte er manchmal, sie anzusehen, sie erschien ihm dann fern wie alles um ihn, aber sie war nur hinausgehoben aus der Zeit wie er selbst und die ringsum Schweigenden, jeder hatte Flügel und eine Sehnsucht und ein Ziel für sie, Sophie aber flog mit ihm, so träumte er, und sie spürten das Landen gar nicht oder kaum als ein vernehmliches Auftreten der Sohlen, wie wenn man die Schuhe abklopft, da waren die Bäume und zwischen ihnen das vielfach gebrochene Licht, sie waren im Parc Monceau ... und Sophie tanzte mit gebreiteten Armen, lächelnd, mit glücklich geschlossenen Augen, als könne sie so die Schönheit des Sommertags tiefer und bleibender erfüllen, als ahme sie die Bewegungen der sinkenden Blätter nach, die leise und zauberisch durch die Sonnenbahnen glitten, die stillen Hingaben der wissenden Bäume, die Rodin vielleicht schon berührt hatte, und die Wärme seiner Hand war in ihnen geborgen, eingewebt in die Wärme von Liebenden, die sich gesehnt hatten in der Ferne, nach einem Schimmer Weiß auf Kastanienwegen, dem unverkennbaren Schritt unter spielerisch gedrehtem Schirm, dem Lächeln im Vorübergehen ... geborgen in der Wärme von Frauenhänden, die schön waren und selbst die Rinde strömend veränderten, so daß ihnen der Baum, mit seiner anderen Sprache sich öffnend, zugetan war, dunkle Augen nahmen ihren Anteil an der Welt, die für sie in zwei Muster plötzlich zerfiel, das bekannte, gleichmäßig fließende: Eltern, Stunden am Klavier, Ausfahrten in den Bois de Boulogne, das Rauschen des Parks, und das ungleich heftigere, das einem anderen im Herzen antwortete ohne Worte, wenn er den Weg hinabkam, schlank und schwarzgekleidet, die Augen voller Träume, Handschuhe, Stock und ein Buch in der Hand, in das er schrieb, bald sinnend, stehenbleibend, bald auf einer blattbestreuten Bank, und allein, denn er sah nur nach innen ... dann strichen die Hände sacht über die Rinde, öffneten sich die Lippen, daß der Schmelz der Zähne schimmerte – wie berührte die Hinneigung das Haar, die Verletzlichkeit des Nackens, die Röte eines niegekannten Gefühls, und wie floh sie atemlos und betäubt, wenn er plötzlich ihre Richtung einschlug, war es Angst? war es Erschrecken? sie wußte es nicht und kannte sich selbst nicht mehr, das zweite Muster hatte einen Schnitt in ihrem Innern getan, und er blutete, blutete ... abends weinte sie über ihrem Tagebuch, über ganz gleichgültig gewordenen Romanen; Julie, die vertraute *bonne* aus Kindheitstagen, trug schweigend das Essen wieder hinaus ...

Gedichte ... und Sophie tanzte im Parc Monceau –

Gedichte ... und in den Pausen, wenn sie draußen saßen, hörte man das Zirpen der Grillen, Florian sah auf seine Leinenhose, seine Hände, über die das Licht des Weins einen roten Schatten warf (oder war es der Schatten von Sophies Kleid, der erinnerte Schatten?), und der Duft von Noras und Isabels Haar berührte ihn in der Stille.

Da war der Schirm aus Licht, da war die stete Flamme
und der Verwandlung Schattenangesicht um goldnen Kreis der Flamme.
Steuermann, die Winde fliehst du nicht, zerbrochen ist dein Anker,
mußt ewig treiben auf dem Meer, dein Augenlicht die Flamme.
Sag, was begehrt dein Herz, dein Sternenherz so dunkel?
Ist es, was Falter spüren, das Brandgericht der Flamme?
Dein Schiff ist Sehnsucht, die den Kamm der Wellen bricht,
das Licht des Kompaßhauses ist die stete Flamme.
Vergängnis wiegt das Taggewicht, die Nacht beschwert das Ruder,
ihr Flüstern und der Liebe Scherz, Karfunkelscherz der Flamme.
Wie viele Flächen leere Pflicht, sie sind geschloßne Segel,
das Opfer, das ernährt, ist im Verzicht die Flamme.
Und des Geheimnismeeres Karte, das Gedicht,
ist deiner Seele Schirm und Licht, ist stete Flamme.

In der Dunkelheit danach, wenn die Glocken von den Türmen, rätselhafte Zeit, von der Jugend eines neuen Tages sprachen, wenn Florian erschöpft war und noch spazierenging, den Versen nachsinnend, waren die Laternen kleine Elfenbeinmonde … Elfenbeinmonde über den Straßen.

Leicht wehte der Flaum des Sommers, leicht wie Libellen, wie die vielgestaltigen Wolkenschiffe. Die hohen Akazien auf dem Weg zu Korras Antiquariat warfen schon Blätter ab, manchmal pflückte sich der warme Wind ein paar übriggebliebene gelbe Blütenraupen, sie trudelten langsam zu Boden, weit über Florians Kopf, und er mußte die Augen gegen die Fülle des blätterdurchflossenen Lichts schützen, wollte er sehen, wie sie über die

Dächer des Viertels wehten, kleine, maisgelbe Tourbillons ... und darunter, auf den Balkonen, spielten bunte Windblumen. Träume ...

– Sophie, wovon träumst du?
– Oh, von vielem ... Zum Beispiel habe ich den Raumschifftraum ... Ich habe ein Raumschiff, es ist aus altem, wetterbraunem Holz und knarrt, und drinnen ist ein Steuerruder, das mit Messing beschlagen ist. Die Bullaugen sind zum Zuschrauben und doppelt, so daß im Zwischenraum Blumen stehen können, oder meine kleinen Kakteen ... Ottilie würde ich unbedingt mitnehmen, auch Albertine, Ugo ist lustig, und Habakuk blüht so schön ... das Raumschiff ist kugelrund, draußen sind kleine Stacheln, so daß mich niemand überfallen kann ...
– Ist es ein fliegender Holzigel?
– Ja, ein fliegender Holzigel. Oder ein Kugelkaktus, aus einem Stück geschnitzt. Und damit fliege ich über der Welt, alles ist ganz klein, die Meere sind blaue Tücher, und ich saus' los, wenn ich will, und schau' mir den Jupiter an ...
– Dann wohnst du in der Gasse Zu den drei Monden, und natürlich suchst du dir den aus, der aus Erdbeereis ist?
– Nein, den Blumenmond. Spotte nicht, Johannes. Wovon träume ich? Ich möchte eine gute Geigerin sein und immer spielen können, genug Geld zum Leben verdienen, einen guten Mann finden und mit ihm glücklich sein und Kinder haben ... Eins, zwei, drei ... oh, ich wäre bestimmt eine schlechte Mutter, wäre völlig narrisch vor Liebe, würde ihnen alles durchgehen lassen und hätte bestimmt auch immer Angst um sie, aber das wünsche ich mir: Kinder, und soviel Geld, daß man genug zum Leben hat und ihnen etwas bieten kann, einen Mann, den ich liebe und der mich liebt, und dann machen wir Urlaub in Kanada oder fahren durch Australien oder bleiben ganz einfach zuhause ...
– Und zieht euch 'n Video 'rein?
– Fernsehen gibt's bei mir nicht. Meine Kinder sollen lesen, wandern, in die Natur gehen, nicht diese blöde Flimmerkiste ...

– Wenn du sie aber so abgöttisch liebst, und deine kleinen Lieblinge nun mal partout fernsehen wollen? Weil die andern in der Klasse das nämlich auch so machen?
– Dann muß der Familien-Thing einberufen werden.
Für die harten Entscheidungen ist dann mein Mann zuständig.
– Soso. Das Geschrei … und aus ist's mit der Idylle …
– Sei doch nicht so, Karsten. Erzähl, was sind deine Träume?
– Ich habe den Türangeltraum. Mein Leben ist eine Tür, öffnet es sich zur Welt, so ist mein Traum, daß es weniger Elend gäbe, mehr Freude unter den Menschen, mehr freies Bekenntnis zu Gefühlen … Man begegnet jemandem, einer Frau, einem Mann, und hat nicht den Mut, etwas zu tun oder zu sagen, aus Angst, sich lächerlich zu machen oder abgewiesen zu werden, vielleicht denkt in diesem Moment der oder die andere genau dasselbe, so daß zwei sich begegnen und sich gern kennenlernen und berühren möchten, aber es nicht tun, weil einer Angst vor dem anderen hat … warum ist das so kompliziert, warum machen wir das so kompliziert? Warum kann man nicht sagen: Du gefällst mir sehr, ich möchte dich sehr gern küssen, erlaubst du es mir? Vom Küssen ist noch keiner gestorben, soviel ich weiß, aber manch einer vor Einsamkeit zugrunde gegangen.
– Herpes kann man auch kriegen.
– Sicher, Tania.
– Und wenn einer den Mund voll Knoblauch hat …
– Du willst dich wohl jetzt revanchieren, Sophie, kleines Biest?
– Ich, ein kleines Biest? Na warte! Aber, was ist auf der anderen Seite der Tür?
– Öffnet sie sich hin zur Phantasie, träume ich den Traum der Bernsteinkönigin …

So konnte es sein: Sie saßen bei Isabel oder, häufiger, an einem der Tische des *Portugiesischen Cafés*, Martin war vom Malen zurückgekehrt, schwieg, war voller Bilder, die erst von seinen Augen sich lösen mußten, den halbgeschlossenen, gerötet und entzündet von Kornstaub und Sonne, Sophie saß neben Florian und trug, wenn es dunkelte, einen seiner Pullover gegen die Mücken und die Kühle, er hatte ihr einige gegeben, weil der Großteil ihrer Wäsche noch in München war. Manchmal kam Nora vorbei wie ein weicher dunkler Duft, und für Augenblicke waren dann die Geräusche stärker wahrnehmbar, als habe sich in ihnen eine Tür geöffnet, die ihr Aufgehobensein in den Stimmen unterbrach, in Johannes' Stimme (*– Und wovon träumst du, Johannes? – Ich? Ich träume von der* Hirondelle ... *Ich träume vom Fliegen ...*), in Florians, in Martins, wenn sie die *Träume* sprachen ...

– Sie ist eine Frau mit goldenen Augen, um ihre Krone tanzen kleine Sterne ... Sie kann fliegen, und was sie berührt mit ihrem Zauberstab, öffnet sich wie manche Dinge in der Nacht. Wo wohnt sie? Ist sie in Wahrheit eine Fee, die eine silberne Kutsche besitzt, mit kleinen Glöckchen an jeder Ecke und vorn zwei Laternen, einem schnauzbärtigen Kutscher und vier Einhornen, die bleich sind in der Dunkelheit wie Milch und Nebel? Wo ist der König? Sie lächelt und macht eine kleine Verbeugung, so daß die Rüschen ihres bernsteinernen Kleides vornüber gleiten, eine zarte Bewegung wie die von Kakteenblüten, die sich erschrecken und doch anmutig in ihrem Schrecken schließen, weil Wassertropfen auf sie gefallen sind: Hatschi! so niesen sie ... man muß nur ganz still sein, dann kann man es hören ...

Karsten und Isabel ... Sandras Gesicht, die Bewegungen ihrer Hände, und ihr Trabant war ein frecher, aufmüpfiger Frosch, der lärmend und blauen Rauch ausstoßend über die Straße sauste, als sei er dabei, Flügel zu entwickeln, um irgendwann, in unvorhersehbarem Moment, davonzufliegen wider alle Natur und Gesetze, wobei er dann wohl lächeln würde trunken und selig, mochte auch Sandra im Innern noch so verzweifelt die Hände ringen, in ihrem Kosmetiktäschchen nach einer Lösung wühlen, an den Türen rütteln und am Zündschlüssel drehen: Addios ... Und Isabel? War sie in Karsten verliebt, weil es Berührungen gegeben hatte, Lächeln über bestimmte Stufen hinaus, Gespräche einander gegenüber und mit aufgestützten Händen, die Gesichter und Augen nahe beieinander? Karsten sah sie manchmal unverwandt an. Sie errötete nicht, winkelte vielleicht die Beine an, legte das Kinn auf einen Arm und erwiderte seinen Blick, von gleich zu gleich; und Florian sah die Gespräche, die auf den Pupillenbühnen stattfanden zwischen ihnen, flackernd, schnell, verstanden schon vor den Worten, so daß alles nur noch Regung und Lauern, Kreisen, Nachlassen war, Eintauchen, das grüßende Heben der Köpfe vor dem unsichtbaren Siegel des Geruchs ... Auch Martin beobachtete die beiden. Er studierte sie, wie es schien, und vielleicht spürten sie es, er war ein Dompteur mit noch freien Händen, der vorsichtig näher kam, Isabel die Löwin, die wachsam und mit gespannten Muskeln jeden seiner Schritte verfolgte. Er malte die beiden, Florian kannte ihn. Martin konnte in Gedanken zeichnen, er brauchte Stift und Papier nicht unbedingt, er beobachtete, und er sah jedes Haar.

– *Erinnerst du dich an den Duft der Levkojen?*
– *Ich erinnere mich, und an den Duft des Rittersporns, wenn wir die Felder durchstreiften, und an die noch grünen Kalvillen über den alten, gebrechlichen Zäunen in Loschwitz,*
grün auch der Boskop im Geäst, darunter die verlassene Spechthöhle, der knorrige Baum vor dem windschiefen Schuppen, der Geruch des Komposts,
das Harz an den Pflaumenbäumen leuchtete wie alter Honig, Kirschbäume im alten Garten, Johannes, träumender Blütenschnee im Morgenlicht, das an den Grashalmen in Prismenfarben brach, und die Stille des Tausendschöns ...
– *Erinnerst du dich?*
– *Es roch nach Melde die Straße hinab, und nach Renetten und Zimtbirnen im Herbst,*
und die winzigen leuchtenden Bernsteintropfen auf der Rinde der Pflaumenbäume, auf den versprochenen Blättern,

ich erinnere mich, Martin. Da war der Marmor des Himmels, blaues Abendbergwerk, Wolkengeäder,
als die Sonne gesunken war, und die Gespräche begannen auf den dunklen Terrassen, da war das Zwielicht wie das von Krötenaugen, ein Schatten, so lang wie der Traum eines Kindes, und vorher:
– Wir gingen den Weg durch die Weinberge, an der kleinen Kirche vorbei, ich weiß noch: die bauchige Flasche auf der kreidigen Mauer, daneben das Glas, das noch fast volle Weinglas,
der golden verwunderte Ball in der Schwebe, den Prinzessinnen entfallen, den Sonnenkindern, oder vielleicht Elfen im Lichttüll, beinahe hätten sie die letzte Kalesche versäumt, die aus Geflüster: Da hätt's was gegeben vom Mondpapa!
– Und niemand von uns sprach. Ich erinnere mich. Sophie ging vor mir, ich sah ihre atmende Brust unter der dünnen Haut des Kleides, das ihre Arme freiließ, ihre verwirrenden Schultern, ihre Hand, die den alten Zaun hin und wieder berührte, war wie die Hand, die einen Tautropfen erwartet, Traurigkeit eines Blattes, war die Hand, die das gebeugte Blumenköpfchen betten will, die Hand der Pantomimin, die ihrem Liebsten begegnet, er weiß noch nichts,
und Nora schwieg, Florian, und Sophie schwieg, und du berührtest sie fast, warst du deshalb so glücklich?
– So glücklich, weil sie es geschehen ließ, Martin, weil sie nicht dich oder Johannes meinte an jenem Abend, weil die Dämmerung ein gütiges Netz war, über sie und mich gestreift, und ich konnte den Blick nicht von ihr wenden, meine Augen waren Falter, ihr Leib die schlanke Flamme,
ich weiß, und Nora, die hinter dir ging, schien es zu spüren, denn sie beugte sich zu mir und flüsterte: Er liebt sie.
– Hast du noch Tee, Martin? Der Wind war doch Schwermut, und ich sah auf den glühenden Strom, auf das kleine Boot mit seiner kleinen Kraft, auf das Segel aus den Blüten einer weißen Chrysantheme, es war so tapfer gegen den Wind, ein Zugvogel, ein Lächeln, von Hokusei gemalt …
– Und mein wegloses Herz vor der unerschaffenen Zeit.

Sophie war zu ihren Eltern gefahren, sie wollte noch einige Dinge holen, Bücher und Noten, die sie beim Umzug vergessen hatte, Wäsche und, wie Florian glaubte, Zärtlichkeit von ihrem Geliebten, nach dem zu fragen oder den andeutend zu erwähnen er nie den Mut gehabt hatte. Wenn er bei ihr gewesen war, hatte er sich nach einem Bild umgesehen, nach Briefen auf dem Schreibtisch, die nicht das Amtsgrün einer Bankmitteilung oder das Kunterbunt einer Werbesendung trugen – solche, die Herzklopfen bereiteten, dicke, wortreiche, gefütterte Briefe, womöglich in farbigem Umschlag, mit der Schluderschrift eines Menschen darauf, der weiß, daß sie liebevoll entziffert, nachtwandlerisch gekannt und überdies zitternd und glückselig vom Herzen gelesen wird, nicht von den Augen; aber er sah keine solchen Briefe, auch keine Photographie eines jungen Mannes, nur, neben dem Blumengestell und dem Matisse, den berühmten Kuß als Poster, Kuscheltiere in dem Zimmer, wo Sophie schlief, ausgeschnittene und zu Collagen geklebte Gedichte in Rahmen, Michelangelos *David* in einer Schwarzweiß-Reproduktion neben einem *Liebe ist …* – Wecker, und eine ganze Reihe Liebesromane, viel Turgenjew und Lawrence, E.M.Forsters *Room with a View* in einer Penguin-Ausgabe, das *Decamerone*, *Kin-Ping-Meh*. Er goß Sophies Blumen und Kakteen, rührte nichts an, legte alle Briefe und Zeitungen säuberlich auf den Schreibtisch und beugte sich, bevor er ging, zu einem Stoß achtlos hingeworfener Handtücher hinab, die nach ihr, nach ihrem Haar dufteten. Dann stand er lange mitten im Zimmer, sah durch das sonnengefüllte Fenster nach draußen, auf das Dach des gegenüberliegenden Blocks, und dachte an sie.
Er träumte, daß die Dinge um ihn herum, die er nicht sah, nur erspürte mit halbgeschlossenen Augen, Fluchtpunkte bildeten, Ornamente eines unsichtbaren Teppichs, der ihn davontrug – da war der Seestern auf dem Regal neben den Blumen, die rote Amaryllis leuchtete, der Matisse verwandelte sich in eine freundliche Sargassowelt. Wenn das Mobile sacht nach einer Berührung spielte, glaubte er am Strand zu sein, an dem weißen, mit

Muscheln und Hühnergöttern und Tang gefüllten Strand auf dem Darß, wo seine Eltern und er in seiner Kindheit viele Urlaube verbracht hatten, Wellen türmten sich glasgrün, Möwen schaukelten über den Volleyballspielern und den ausgeblichenen Strandkörben. Er lag auf einer Decke in der Nähe der vom Strandhafer bärtigen Dünen, träg und gedankenlos von der Sonne, die seinen Rücken briet … etwas Nasses, widerlich Kaltes und Glitschiges fiel auf ihn nieder, Sophie, naß und prustend, lachte, strich sich ihr Haar dabei zurück und ließ sich in den Sand plumpsen … sie hatte ihm, der noch vor Schrecken und Ekel tanzte, eine Qualle auf den Rücken geworfen. Oder er sah sie vor sich, ein pulsender Block schmalen Raums nur zwischen ihnen, in ihren Augen spiegelten sich seine und das sommergrüne Meer vor Warnemünde, ihr Haar war offen, windzerzaust wie seines auch, denn sie waren beide gerannt, dann die Berührung von Stoff, als er sie umarmte und sie es geschehen ließ, die Berührung von erhitzter Haut und von ihrer beider Herzklopfen, ihre Hände auf seinen Wangen, ihre Lippen, die seine suchten, und dann ihr Rückweg Hand in Hand und in tiefer Stille, obwohl Boote tuckernd heimkehrten und andere Spaziergänger um sie waren, obwohl die Dünung des Meeres nicht aussetzte und die Möwen lärmten, als einer der Angler einen silbrigen Hornfisch auf die Mole hob.

Träume …

Das schleiengrüne Licht in den Hausfluren des Viertels, an den Mittagen, wenn Florian zuhörte, einen flachen Korb mit Emilies oder Tanias liebevoll zubereiteten Gerichten in der Hand – es war ein seltsamer Algengrund, über den er ging, ein wenig schwebend wie ein Taucher, der nicht genügend Gewicht an den Sohlen hat. Zebrafische kreisten auf einmal hervor, wenn die Geduld sich wie ein Netz in die kellerige Treppenhaustiefe gesenkt hatte, gelbe Barsche und so lustig erscheinende Exemplare wie der Schnepfenmesserfisch, Seepferdchen glitten aus den nach Kartoffeln riechenden Tangverstecken, äugten auf den Besucher, Schmetterlingsfische schwebten im Sonnenwasser vor den Fenstern. Ganz Farbe, besaßen sie eine ölige Transparenz, man sah sie und berührte sie damit zugleich, und sie zerflatterten wie der Schlaf um die Augen von Zauberanemonen. Es roch nach Bohnerwachs, altem Sperrholz und Mittagessen in diesen Fluren, nach feuchten Scheuerlappen, säuerlich brennender Kohle, Idealismus und Spiritus ... Florian lauschte. Wenn er lange genug ausharrte, kam der König des Viertels hervor, aus dem Lichtkraut vor den matt schimmernden, dunkelbraunen Holztüren, an denen Generationen von Mietern die Messingklinken glattgegriffen hatten, aus der Teichstille der Blumen vor den Fenstern, aus den versunkenen Stufen neben den schweren Balustergeländern, und manchmal, wenn eine hell aufblitzende Tonleiter zu hören war, schien eine Schule Weißfische auseinanderzustieben: dann war der Hecht gekommen mit lautlosem Flossenschlag.

Träume ...

– Jene Geschichte, erinnerst du dich? Die Geschichte des vergessenen spanischen Dichters, die von Liebe und Glück und vom Sonnenschleier handelte, den eine Frau vom Altan warf, in einer weißen Stadt der Estremadura, und den derjenige fangen würde, für den sie bestimmt war; der Schleier schwebte, getragen vom lauen Wind, hinaus in die Stadt, ins weite, karge Land, über die Einöden und bittergesichtigen Dörfer, zu den großen Strömen der Küste, hin zum Meer, hinaus in die verfließende Glut der Dämmerung, fein und durchsichtig, als ob er aus Elfenflügeln gewebt sei ... und so unmerkbar still, wie eine Blume sich öffnet, schwerelos glitt der Schleier über die Seiten, die ganze Geschichte hindurch, unermeßliche Zeit, unten verrauschte das Leben, gebeugten Kopfes im Tagwerk, so fremd manchmal wie fremde Kinderspiele, niemand sah zum Himmel, wo der Schleier noch immer trieb, weitab verweht schon von manchen Stürmen, und noch immer unzerstört in ihm das Herzklopfen, die Sehnsucht, die stille Poesie und alle Zärtlichkeit einer liebenden Frau ...

– *Stimmen, die Stimmen der Schiffe am Abend* ... Martin beugte sich zu Florian, wies auf den Fluß vor der schwebenden Stadt, auf die spielerisch bewegten Wellen und fragte:
»Weißt du, was Sehnsucht ist? Nicht die Sehnsucht nach Liebe oder Zärtlichkeit ...« Er sprach von der Sehnsucht, hinauszuwollen ins Andere, heraus aus dem gewohnten Leben, sah auf seine Hand, dunkel vom Staub der sandsteinernen Brüstung, sah hinauf ins zartgrün verfließende Meer des Himmels, und Florian sagte:
»Ich möchte fliegen, Martin, dorthin, dorthinaus ...«
Martin erwiderte nach langem Schweigen: »Ich möchte den Tejo wiedersehen, die Boote darauf und ihre weißen Segel, die im Abendlicht glimmen; ich möchte den Tejo wiedersehen, wenn die Schiffe heimkehren und ihre Stimmen zu hören sind ...«

Florian behielt Martins Worte im Gedächtnis, den Ausdruck seines Gesichts und seiner Hände. Nicht in diesem Juni reiste Martin nach Lissabon, nicht in jenem Sommer, in dem Sophie ins *Portugiesische Café* zog. Er stand immer gesondert vom Strom, ein seltsamer, ungefügter Schütze, so schien es, und was er suchte mit schwankendem Bogen, war das Herz der Erscheinungen. So konnte er Florian verstehen, der abends und nachts durch die Straßen ging, ruhelos, von Unrast und dem schweifenden Suchergeist der Jugend getrieben, und Florian verstand Martins Sehnsucht nach der Stadt im Süden, der weißen, vieltürmigen, möwenüberwehten Stadt, wohin er an einem glühheißen Augusttag, zwei Jahre vor Sophies Einzug, gereist war – *um das Leben zu versuchen*, wie er beim Abschied gesagt hatte, *um mich durchzuschlagen* und: *Zum Teufel mit den Bedenken, wenn es schiefgeht, komme ich eben zurück*; kein Einspruch, keine Traurigkeit hatte ihn zu hindern vermocht. Damals las er de Queiroz und Pessoa und die Sonette von Camões in zerfledderten Vorkriegsausgaben portugiesischer Verlage, die er sich aus *Cook's Basar* mitgebracht hatte, las und hörte dazu die Trompeten der Camino Real, die hell und fern aus der staubigen Stille seines Zimmers erklangen, und Florian erinnerte sich, wie er leise, fast unhörbar, gesagt hatte *Ich möchte den Rossio sehen und die Straßen der Alfama, möchte den Fado hören in Sant' Ana und den Tejo sehen im Abendlicht, wenn die Schiffe ausfahren und heimkehren, wenn der Glanz und die schwebende Stadt sie tragen* … dann hatten sie, Florian und die Bewohner des *Portugiesischen Cafés* und Sandra, Martins Galeristin, die still und in sich gekehrt die Nachricht von seiner Abreise aufnahm, lange nichts von ihm gehört, aber im Winter, vor Weihnachten, kam ein Brief, in dem Martin schrieb, daß es ihm gut gehe, daß er eine Stellung in einer Sprachschule gefunden habe, schlecht bezahlt zwar, aber zum Leben genug, auch genug für Farben und Pinsel und Leinwand, die er billig in der Baixa erstehe, und vorher habe er Jobs in einer Feriensiedlung, als Babysitter und Zierleistchenschnitzer in einer Sargfabrik versehen, manchmal aber auch wochenlang gar nichts gehabt – Lissabon sei arm, heruntergekommen, übervölkert, laut, chaotisch, und dennoch wunderbar. So schrieb Martin, Sandra lächelte beim Vorlesen, ihr Gesicht hellte sich auf, eine Andeutung ohne sichtbar veränderte Linien, wurde eine Spur schattiger, als Karsten nachdenklich die Ansichtskarten betrachtete, die dem Brief beilagen und aussprach, was wohl alle außer Tania fürchteten: daß er nie wiederkommen, für immer dort bleiben könnte, doch Tania schüttelte entschieden den Kopf und tröstete die erschrokkene Sandra: *Ohne seine Schallplatten kann er nicht leben. Und wir sind seine Freunde. Ich glaube, er wird zurückkommen.* Tania behielt recht, auch wenn Noras vorsichtiger Einwand, daß ja Schallplatten etwas waren, das nachgeschickt oder in einem Urlaub abgeholt oder neu gekauft werden konnte, Sandras Traurigkeit und Skepsis verstärkte, alle waren froh und Tania eigenartigerweise dankbar (als sei es ihr unbeirrbarer Glaube gewesen, der dies bewirkt habe), als Martin nach einem Jahr zurückkehrte, genauso lautlos und schattenhaft, wie er fortgegangen war, wenngleich äußerlich stark verändert. Er trat in Sandras Galerie und öffnete hinter ihr, die gerade mit einem

Kunden verhandelte, einen Koffer, um seine Ausbeute, einen kleinen Teil davon, hervorzuholen; Sandra fuhr herum, als sie etwas spürte, das für ihn charakteristisch sein mußte, das Geräusch seines Atmens vielleicht, einen Geruch oder eine Art von magnetischer Strömung; sie sah ihn und ließ fallen, was sie in der Hand hielt, zu erkennen war er beinahe nur noch an seinem anspruchslos zurückgekämmten schwarzen Haar, an den leuchtend blauen Augen, die denselben Ausdruck wie früher trugen, etwas gestillter vielleicht, etwas ruhiger, wie es Florian dann schien, am Tonfall seiner Stimme, als er die anderen später begrüßte. Er war nicht mehr füllig und schweratmend wie früher, der Stiernacken war verschwunden, auch die barocke Fleischigkeit seiner Finger und Hände, das war ein Fremder trotz aller Vertrautheit, der die erschrocken tastende Nora umarmte und dessen nun schlanker, beinahe schon sehniger Körper die Wachheit eines Menschen verriet, für den das Leben kein Spiel oder Traum oder eine Abfolge verschiedener Probleme des Überdrusses und der Langeweile ist, sondern ein Kampf ums Sattwerden. Doch an Martin hatte sich mehr verändert als nur der Körper – die Schlankheit verschwand unter der Fürsorge der Frauen bald wieder, auch die Lederbräune verlor sich –, einige Wochen lang konnte er keine Ruhe gewinnen, war noch nicht da, wie Tania sagte, malte nicht, schrieb Briefe, Unmengen davon, las die portugiesischen Zeitungen und Zeitschriften, die in Dresden erreichbar waren, lieh sich Florians Weltempfänger, um Lissabon hören zu können, und war lange für jedes Alltagsproblem, ob es nun Dresden oder Deutschland oder die kleine Welt von *Cook's Basar* betraf, in die er wieder tauchte, kaum zugänglich. Nora meinte, halb im Scherz, halb im Ernst, daß er bei der Abreise ein Stück von sich in Lissabon vergessen habe und daß auch dieses Stück Martin erst abreisen und mit dem schon angekommenen verschmelzen müsse, damit er wieder der alte werden würde. Aber er blieb verändert.

Abendlicht, Spaziergänge durch die Straßen der Neustadt, Häuser verflossen zu rosig und blaßgolden verdämmernden Fluchten, die Flut des Tages schwieg, zog sich leise zurück, wie Schmerzen manchmal gehen; klar und neu schienen die blinkenden Fenster, Augen, denen das Licht wiedergeschenkt ist, trotz des bald beginnenden Schlafs die schwindenden Erscheinungen zu sehen. Johannes blieb stehen, als Isabel auf eine Wolke wies, die einem schlummernden Walfisch glich, wie Sophie sagte, schwebend im hellgrünen Abendmeer des Himmels, Karsten wiegte den Kopf hin und her und meinte, ohne Schwanzflosse könne er sich einen Wal schlecht vorstellen, vielmehr ähnele es einem Säbelzahntiger oder Elefanten mit Baldachinkorb obenauf, aber Sophie flüsterte, es habe ein Baby mit Schwanzflosse und einer Fontäne sogar, und sei also doch ein Walfisch, eine Walfischmama – *ein riesiges Fabeltier*! rief Arndt und breitete die Arme, als habe er einen brauchbaren Kompromiß vorgeschlagen. Die Frauen blieben beim Walfisch *Une fois pour toutes*, sagte Isabel, und Sophie nickte, aber es war schon im Vergehen. Nora schwieg, sie war blasser als sonst. Sie hatte Florian einen Brief geschrieben, den er nicht zu beantworten vermochte; verrutschte Zeilen, die unversehens ins Schweigen glitten und dort preisgaben, was Worte allein nicht sagten. Er sah auf. Im Osten standen noch einzelne Wolkenfedern über den Dächern, schmolzen in der Glut der himbeerfarben sinkenden Sonne wie ihre größere Schwester, die Walfischwolke, bis sie, in einem Augenblick des Innehaltens, in die Erinnerung der Zeit eingingen und der Himmel danach aus Schichten zarter Freiheiten bestand, von der Scherenschnittlinie ferner, schwarzer Dächer begrenzt. Schwalben stießen ihre sehnsüchtigen, perlmutternen Rufe aus und stiegen empor in die isabellengelben Strömungen, die der dunkelblaue Nachtmarmor schon säumte, die Ausläufer des Schattenreichs. Sophie schloß die Augen, als die Glocken von Trinitatis und St. Pauli ertönten und sich mit den Stimmen der anderen Kirchen der Stadt vereinigten, Florian stand abgewandt, Nora in seiner Nähe; er spürte, daß sie in einer Haut aus Angst lebte, er könnte sich zu einer Antwort allzusehr gedrängt fühlen, spürte, daß sie beide von dem Brief wie von einem gemeinsam geträumten Traum wußten, der mit dünnen Fäden an der Wirklichkeit hing, und daß sie nicht von diesem Traum sprechen würde aus Furcht, ein Wort schon könnte das Gewicht haben, um ihn abzureißen. Karsten zündete sich eine Zigarette an und sah dem in Durchsichtigkeiten ruhig verschwimmenden Rauch nach, es war völlig windstill, selbst die feinen, wie elektrisierten Goldweben um Sophies Haar bewegten sich nicht. Sie gingen weiter, verzaubert von der Dämmerung, auf die Königsbrücker Straße im Glockenklang, und plötzlich stellte sich Sophie auf die Zehenspitzen, probierte ein paar Schritte und drehte sich mit geneigtem Kopf, leicht wie eine Tänzerin, ihr helles Sommerkleid wehte, Isabel lachte und faßte sie unter, als Sophie auf sie zuschwebte, sie tanzten, und Florian war entzückt von dem Augenblick vollendeter Leichtigkeit, der sich eröffnet hatte wie Hoffnungen es tun und Blüten im Frühling, wie das Wunder wiederkehrender Sonne nach Wintertiefen und Sturm, er lächelte, als die beiden Frauen sich lösten und auf die anderen zukamen, sie bei den Händen faßten und wiederum tanzten in schwebenden Kreisen, von den Lichtbrechungen der Baumkronen berührt. Passanten sahen lächelnd zu, Ladenbesitzer, die links und rechts ihre Türen abschlossen, Mütter mit ihren kleinen Kindern an der Hand, die Jugend der Neustadt, die in Gruppen den Kneipen oder Kinos zustrebte oder einfach die Schönheit des Sommers genießen wollte wie sie …

– Dort möchte ich leben, mitten im Herzen, im brodelnden Herzen des Liebesverlangens – und du?
– Ich? In Tausendundeiner Nacht …
– Ich möchte fliegen können und in der Sonne liegen wie eine Eidechse, weißt du, so auf einem weißen Stein, aber es ist ein Zauberstein, und ringsum duftet es nach Blumen …
– Weißt du, was schwer ist? Eine Farbe zu beschreiben.

– Scharlach?
– Scharlach ist die verborgene Leidenschaft, die Leidenschaft eines Träumers, dem die Intrige nicht fremd ist. Scharlach ist die Ferne in den verschlossenen und wehmütigen Augen eines besiegten Generals, der über die gesenkten Fahnen seiner Truppe hinwegblickt, Scharlach ist der Abend, an dem man das Haus seiner Kindheit verläßt …
– Ist das siebente Streichquartett von Schostakowitsch …
– Sind die Namen der Handelskontore Indiens, die Namen sagenhafter Städte, ist eine Rose am Abend, wenn die Fee sie verläßt, die darin wohnt …
– Im September, wenn der Zauberstab noch einmal über den Leichtsinn gebietet …
– Hörst du die Musik, Florian, die wunderbare Musik?

Rauch, der mit dem Abendlicht verschmolz, Rauch über Martins heller Hand, Rauchspur über weißer Asche, die er nur wenige Male abstreifte, wenn er den gewinkelten Metallarm behutsam auf die Schallplatte geführt hatte und auf das langsame Niedersinken der Nadel wartete, wenn es zuende war und die Musik in die Stille entschwebte, wenn er zurück zu seinem Stuhl ging, nachdem er die seidigschwarze Scheibe gewendet hatte, zurückging, ohne dabei Florian anzusehen, der neben ihm saß und ins schwimmende Abendblau sah, im kleinen Erker hoch über der Straße, näher den Baumkronen des Parks und dem Himmel als der Heimkehr unten, den Stimmen, der wachsenden Zärtlichkeit …
– Musik … zauberreicher Flügel, schwärmerisches Herz, trag uns hinauf, trag uns hinauf … dorthin, wo der Frieden ist …
– Schmetterlingsflügel, Licht in der Nacht, Musik: Flugspur der Träume über den Rosenblüten …
– Wie es war, wie es war – seine helle Hand wählte aus dem verschließbaren Schrein einen der schwarzen, schmalrückigen Kartons, und still war es im Zimmer, Martin sprach nicht mehr, Florian sprach nicht mehr,

er sah, wie die verschossenen Vorhänge in der Abendluft wehten, wie die Gardinen davor leicht in ihren durchsichtigen Händen waren wie Brautschleier, der Vogelmusterstoff vor den hohen, bis auf den Boden reichenden Fenstern schien ihm vertraut, wie es die Linien und Schatten eines Zimmers, die Geheimnisse der Zeit einem Kranken sind, und dann sah er hinaus, als Martin über die Schwelle des Erkers gestiegen war und sich neben ihn gesetzt hatte, sah das seidig glänzende Schwarz der sich wiegenden Schallplatte, Lichtfunken, hörte das Rauschen, und da waren die wandernden Sonnenflecken in der Stille, unter den Rückzügen der Bücher und des Schreibtischs mit den verstreuten Skizzen und Briefen, dem Kistchen mit den Eichelhäherfedern, der defekten Taschenuhr und Münzen aus aller Herren Ländern, die Martin im Dunkel mancher Tage von fremden Schicksalen und Hoffnungen flüstern mochten, nun aber geschlossen waren zu träumerischem Schlaf, und kurz zuvor das Geräusch eines angerissenen Streichholzes, Martin zündete die Zigarre an, das gelbe Tuch, die kreisende Platte zu säubern, der erste Rauch vor den schweigenden Vögeln auf den Vorhängen, dann Martins helle Hand ausruhend auf dem Knie, der flirrende Goldreflex, die Schallplatte mit dem harfenspielenden Löwen auf dem blauen Etikett, oder alte deutsche, ungarische, amerikanische Schallplatten, *SUPRAPHON, ACANTA, HUNGAROTON, RCA VICTOR.*

Martins abgewandtes Gesicht:

– *Konntest du sie sehen?*

– *Augenblicke, länger als ihr Maß in der Zeit … ich sah sie die Straße hinabkommen, sah wieder die Sonnenstreu ihres Haars, die Unergründlichkeit ihres Blicks, der noch Vorstellung war in meinem und den ich wahrnahm an den verschiedenen für meine Augen noch wichtigen Orten, denn es gibt eine Distanz der Unverbindlichkeit, die der Entfernung entspricht, in der man sich für eine der Masken entschieden hat, die man den Gruß sagen und ansehen und sprechen läßt, weil sie unser Innerstes schützen sollen, doch sie war überall, in den Fenstern, den Baumkro-*

nen, den parkenden Autos und auch in meinem eigenen schlanken und nachmittäglichen Schatten, dann war sie nahe und berührte mich zum ersten Mal, nicht wie zum Gruß, daß man die Wärme einer Handfläche spürt, nicht wie in scherzender Verständigung, sie lächelte und berührte mich, und ich sah überdeutlich das Muster ihres Kleids, die hellblauen Venen ihres Arms, den Flaum ihrer Wangen, und sie sagte:

Arndt hat eine Tournee für uns organisiert, Florian, wir fahren bald weg –

– Oh … und wann?

– Im September.

– Und wieder berührte sie mich, ich spürte es durch all die rasend ablaufenden Gedanken hindurch und sah mich mit ihren Augen: Du bist ein Träumer, Florian, ein Büchernarr, der im Sonnenschein auf dem Dach des Portugiesischen Cafés *vor Freude Lieder singt, der Gedichte rezitiert zur Schattenstunde, manchmal, an Sonnabenden, am Lissabon-Tisch, du bist ein Träumer, und sie ist schön … wie schön sie ist –*

– Der Rauch der *Elegantes maduro,* so fein wie das Lächeln eines Granden,

und bald, aus den rauschenden Zeitfernen, würde sie emporsteigen, die biegsam helle Stimme, Florian sah das Lächeln Carusos auf der Plattentasche, das schüttere Haar über der hohen Stirn und der breiten, platten Nase, sah den bulligen Mann, der ein Kavalierstüchlein in der Brusttasche seines Anzugs trug, ein Stöckchen über dem Arm, und leicht vornübergebeugt ging, als sei es seine eigene Scheu, der er wissend auswich vor der bannenden und scharfsichtigen Linse im braunen Kasten, in dem, unter schwarzem Tuch, der Kopf des Photographen verschwunden war – er sah ihn und das erstarrte Lächeln und hörte seine Stimme, die die Saphirnadel der Schallplatte enthob, dem leuchtenden, schwarzen, sich wiegenden Kreis,

Holetschek nickte und wies mit der Zigarre unbestimmt in die Tiefe des Gewölbes, ins Schattendunkel von Cook's Basar, und Florian verstand es als großzügig gewährende Geste, als Ja, sehen

Sie sich nur um, hören Sie, lassen Sie sich Zeit, niemand wird Sie stören, und er ging langsam vorbei an Glasvitrinen mit Nippes, mit Porzellanfiguren und japanischen Fächern, an arabischen Wasserpfeifen, den Schachteln mit Füllfederhaltern und Taschenmessern, der ausgestopften Eule und dem Regal mit den Ziehharmonika-Photoapparaten, bleiig gewordene Spiegel, der Schrank aus geflammtem Kirschholz, hinter dessen geschwungenem Aufsatz eine Hutschachtel aus nußbraunem Leder verstummt war in ihren Erinnerungen, die spiegelnde Fläche Glas in der Mitte des Schranks zeigte dem Näherkommenden Zigarettenbilderalben, neben unscheinbar gebundenen Jahrgängen der Gartenlaube, *im Regal gegenüber, und da steckte der wunderlich geformte Schlüssel wie filigranes Silberrankenwerk im Schloß, schräg herabgesunken in Jahrzehnten des Gebrauchs, eine Blume aus einem persischen Dichtergarten,*
(Florian trat näher, berührte das geflammte Holz, den Facettenschliff der Scheibe, den Schlüssel, und jedesmal, wenn er in diese Tiefe des Gewölbes vorgedrungen war, glaubte er, in Zonen der Stille die Zeit selbst zu berühren),
widerständig drehte sich der Schlüssel, staubaufstörend öffnete sich der Schrank; Schallplattenkartons, deren Aufschriften er wie Beschwörungen vor sich hinmurmelte: DEUTSCHE GRAMMOPHON, VIRGIN, DECCA, ORFEO, HIS MASTERS VOICE, ETERNA, PARLOPHON, NONESUCH, ELECTROLA, CBS RECORDS, er öffnete, und sein Ohr vernahm nur am Rande das Knarren der Schranktür (minutenlang stand er reglos, seine Blicke glitten über die Schriftzüge auf den Kartonrücken, er berührte hier und da, wie um sich zu vergewissern, daß es kein Traum sei, daß Holetscheks und Martins Gespräche irgendwo in den vorderen Bezirken von *Cook's Basar* nicht das Rauschen der inneren Stimmen waren, die man in Tagträumen hören kann wie ferne leise Brandung) – *Musik, hörst du die Seligkeit, die verwunschene Klarinette, er berührte die völlig schmucklosen*, sandbraunen, handbreiten Kartons, die in einem eigenen Fach standen und auf deren Rücken in blaß-

grüner Sütterlinschrift *Parsifal* und *Tannhäuser* geschrieben stand, *Götterdämmerung, Lohengrin, Tristan, Othello* und *Tosca,* Florian nahm sie ehrfürchtig heraus, um die Namen zu studieren, in derselben verblaßten, zeitenfernen Schrift auf Stücke verbräunten und brüchig gewordenen, innen eingelegten Papiers geschrieben: *Tannhäuser: Max Lorenz, Wolfram: Karl Schmitt-Walter, Elisabeth: Maria Reining, Berliner Rundfunk-Sinfonie-Orchester, Artur Rother, Schmetterlingsflügel, der die Stirnen der Liebenden berührt im Schlaf, Flugspur der Träume und Carusos Stimme, die verwunschene Klarinette, Tonspur der Vergangenheit, Musik erblüht im stillen Saal, die Lichter schweben, und wie es eingeschrieben war mit blasser, grüner Tinte: Maria Cebotari, Helge Rosvaenge, Madame Butterfly, Schrift, die aus tiefem Schlaf gestört schien im staubstillen Licht der kleinen Luke, das den Schrank streifte und die Holzplanken des Bodens;* nie wiesen Holetschek oder Martin auf die Existenz dieses Schranks und seiner Schätze hin, man mußte ihn selbst finden, selbst gefunden haben und, vor allem, wissen, was man in Händen hielt, wenn man den schweren, ziegelbreiten Karton mit der Aufschrift *Götterdämmerung: Siegfried: Set Svanholm, Brünnhilde: Marta Fuchs, Alberich: Robert Burg ... Orchester der Bayreuther Festspiele, Karl Elmendorff, 1942,* herausnahm und öffnete, und es war vorgekommen, daß Holetschek vor der Abspielprobe, nachdem er weiße Handschuhe angezogen hatte, einem Kunden den Verkauf des Kartons mit einer höflich-bestimmten Ausrede verweigerte, weil jener nicht *diese* Götterdämmerung, sondern, ahnungslos, nur irgendeine gefunden hatte, *und*, erinnerte Florian sich, als er Martins helle Hand sah, die glühende *Elegantes maduro* und den Rauch, so fein wie das Lächeln eines Granden; der Plattenarm senkte sich langsam auf die seidigschwarze Scheibe mit dem eingeschnittenen Goldreflex, sie war allein vor dem sinkenden Blau des Himmels, in der Abendluft, über der gelassenen Heimkehr des Viertels,

hören Sie? Holetschek hob den Zeigefinger und öffnete die Lippen über der glimmenden Zigarre, so daß die gelben, kräftigen

Zähne unter dem Schnauzbartgestrüpp sichtbar wurden, Hören Sie? Er hat keine große Stimme, er hat überhaupt keine große Stimme, aber welche Kunst des Gesangs ... Una furtiva lagrima, kennen Sie das, Donizetti, Elisir d'amore, und nun fil di voce, fil di voce, die Stimme wird immer schmaler, ohne die Höhe zu verlieren, sie schwingt aus, bis nur noch eine Kristallhaut übrig ist zwischen der Erde und der Ewigkeit ... Hören Sie? Das ist Tito Schipa im Teatro Colon von Buenos Aires ...
– Tito Schipa im Teatro Colon von Buenos Aires ...
– Und danach nahm er eine weitere der in braunes Packpapier geschlagenen Schallplatten aus dem Karton, legte sie auf, die zerbrechliche Kostbarkeit, mit weißen Handschuhen, nicht ohne sie vorher aufs sorgfältigste gereinigt zu haben, und ließ mit angehaltenem Atem den Saphir sich senken in das rasende Kreisen. Nun hören Sie dieselbe Arie mit Pattiera ... mit Beniamino Gigli, oh, Entschuldigung, das ist erst Tu qui, Santuzza, das ist die Giannini, und dann Caruso, der große Caruso, Tosca, E lucevan le stelle, und: Dies, sagte Holetschek mit leidenschaftlich glänzenden Augen, die Hände beschwörend erhoben, Dies, sagte er mit flüsternder, tränenerstickter Stimme – dies ist bel canto, ist Gesang ...
– Sie hörten zu, und er glaubte, zum ersten Mal zu begreifen, Tränen stiegen ihm in die Augen, als er, in der gleichen blaßgrünen Schrift, unter dem Namenszug E. Stünzner, *die Worte Puccinis las: Ich liebe die kleinen Dinge, ich will die Musik der kleinen Dinge machen, wie sie zu Herzen gehen –*
Und Holetschek Florians Hände nahm, auf den Karton wies und sagte: Nehmen Sie ihn mit, er gehört Ihnen ...
Er sah das Lächeln Carusos und wußte, als er die glühend schimmernde Musik erblühen hörte im Abendwind, Carusos Stimme vor dem leuchtenden Himmel, daß er Sophie liebte, daß er sie geliebt hatte von jenem Augenblick an, als sie zum ersten Mal vor ihm gestanden und er die Wärme ihrer Augen gesehen hatte, und mit einemmal, obwohl es so gar keinen Unterschied gab zwischen diesem Abend und anderen außer der ruhig zu

ihm gekommenen Erkenntnis, des beinahe verwunderten *Ich liebe sie* in seinem Innern, spürte er die Möglichkeit von Glück – daß, was traurig begann, heiter enden konnte, daß es Verwandlungen gab und die Sehnsucht lächeln konnte … er hörte der Musik zu, der Stimme Carusos, der unnennbaren seines Herzens.

Wer ist es?

– Du bist es, für die der Tag ein Königinnenkleid ist, du bist es, dein Name glüht auf allen Mauern, du bist es, denn alles nimmt der Fluß, nur nicht das Licht, und ist mein Leben nur ein Tag: Dein Schritt, er schwindet nicht …

Blütenstaub lag auf den Wegen im August, deren Muster die unsichtbaren Blicke des Viertels waren, lag in der entfalteten und verletzbaren Ruhe, wenn Florian das Gesicht hob, um an den gehorteten Vergangenheiten vorbei ins Fensterlicht zu sehen, wenn ihm vielleicht Isabel wieder in den Sinn kam, die Karsten mit der ganzen Heftigkeit und stillen Gewalt seines Wesens zu lieben begonnen hatte: Nachts durchstreiften sie die Stadt und gingen an Mauern vorbei, auf denen Isabels und Sophies Namen erschienen, auf denen ihre Augen, ihr Haar, ihre Worte leuchteten, die Karsten und er sprachen in anderen, in der Tiefe geführten Gesprächen, fiebrig flüsternd, und zwischen ihnen, so kam es ihm vor, schwebten die Worte in der stillstehenden Zeit wie die juwelenflügligen Libellen des Sommers, den das Rauschen der Bäume trug und das, was gewiß war. Alles, was Karsten nun tat, war von seiner Liebe bestimmt, sie lebte in ihm und breitete nächtliche Flügel aus seinen Augen, mit allem Schmerz und allem Glück, und Vogel Unruhe flog. Er konnte nichts mehr schreiben außer Briefen und Gedichten, in denen zu viel Leidenschaft lebte, als daß sie kunstvoll gewesen wären; er verbarg sie selbst vor Arndt und brachte sie nachts zu Isabels Briefkasten, und oft begegneten Florian und er sich, dessen erschreckende Abmagerung in den Schattenkonturen verschwand, und grüßten sich von Löwe zu Löwe, Karstens Zigarette glomm als roter Punkt in der Dunkelheit, wenn Florian redete, unregelmäßig skandierende Helligkeit zum Wortschwall, und oftmals griff Karsten ein Wort auf, indem er Florian die Hände auf die Schultern legte, die Zigarette wegwarf und seinerseits, auf das Wort hin, zu erzählen begann, von all den Dingen, mit denen sich Isabel beschäftigte, mit denen sie zu tun hatte, von ihren Antworten auf seine Briefe und Gedichte, ihren forschenden Blicken, ihrer Musik, von jener Angst, die ihm in dieser schrecklichen Mächtigkeit, in solchem Alleszerreißen noch nie begegnet war. Dann begann Florian erneut, und er beschwichtigte, obwohl ihm selbst das Herz klopfte, deutete Isabels Verhalten, worauf Karsten begierig wartete und ihm mit flackernden Augen, längst an einer neuen Zigarette saugend, jedes Wort von den Lippen las, obwohl ihm, Florian, all dies Schweigen und forschende Beobachten gänzlich undeutbar schien, er sprach vom Schimmer in den Augen Isabels, den er behauptete wahrgenommen zu haben, wenn Karsten das *Portugiesische Café* betrat und sie zur Tür sah, jenen Schimmer in den Augen der Frauen, der die Brücke der Hoffnung ist. Und wie das, was Florian für Sophie empfand, sich im Gespräch in Karstens Lächeln verwandelte (denn der Liebende ist es, der für sich selbst im Käfig des Zweifels lebt, erst das waagschalensenkende Wort eines anderen Liebenden schließt ihn auf, nicht draußen die Welt, denn sie sieht nicht, das Wunder hat sie berührt), so bewies ihm wiederum Karsten in geduldiger Logik und klarsichtiger Vernunft, daß Sophie lebendig war und wie alle lebendigen Wesen Liebe brauchte …

– *Aber meine? Aber meine?*
– *Du begehrst sie, laß es sie fühlen, sag es ihr …*
– *Und wenn sie einen anderen hat, wenn sie nicht mag, wenn ich ihr nicht gefalle, wenn …*
– *Wenn, wenn, wenn … Abyssus abyssum!*
– *Ach, im Roman vielleicht, aber sie hat einen eigenen Kopf, sie atmet, sie ist eine Frau …*

– Küß sie …
– Was?
– Küß sie, was kannst du schon riskieren? Eine Ohrfeige? Aber sie hat deine Leidenschaft gespürt …
– Und Isabel? Hast du's bei ihr getan?
– Wieso? Soll ich mir alles verderben? Bist du verrückt geworden?

Plötzlich sah er die Bemühung in allen sich regenden Kräften, die Liebe zum Leben, und wie jeder Mensch doch nur versuchte, zu lieben und geliebt zu werden, und alle Strebungen dieses Ziel hatten: Liebe, und wenn er vor seinem Gefühl für Sophie dies zu wissen geglaubt hatte, wie man scheinbar selbstverständliche Dinge zu wissen meint und sie nicht ausspricht, weil sie den nie näher besehenen Kern von Überzeugungen bilden, über die, wie man meint, prinzipielles Einverständnis herrscht, so war dies nun kein mitgegebenes *Wissen* mehr, sondern eine Erfahrung, die ihn sehen lehrte und in ihm eine tiefe Achtung vor dem Wunder des Lebens in all seinen vielfältigen Erscheinungen weckte. Wie leicht war es, zu zerstören, es bedurfte wenig dazu: ein häßliches Wort, eine Voreiligkeit, eine Geste, Eitelkeit und Stolz. Man sprach etwas aus, was man für eine Wahrheit hielt, und es war gar keine Wahrheit, sondern nur ein Vorurteil, das auf mangelnder Einfühlung, geboren aus Angst vor der Vergänglichkeit, beruhte, man sprach es aus, es stand im Raum, und für den anderen würde es nach den Augenblicken beibehaltener Würde, nach der Zeit des Maskentragens vor den anderen, vielleicht eine Art von Verzweiflung bedeuten, die der Empfindung der Todesnähe gleichkam. Wie viele gaben sich zufrieden mit dem ersten, oberflächlichen Blick und dem, was er ihnen verriet, wie wenige fragten sich: Ist das wirklich so, hast du wirklich recht mit deinem Urteil? Der erste Blick versprach leichtes Durchkommen, ihm zu folgen bereitete wenig Mühe, man hatte seine Schubladen und ordnete ein, jeder Mensch kam in ein bestimmtes Fach – trug er einen Scheitel und ging sorgfältig gekleidet, hatte er konservativ zu sein und in einem Beruf wie Beamter, Unternehmensberater, Bankkaufmann zu stehen, trug er den Kopf kahlgeschoren, war er ein Anarchist, schrieb verzweifelte Gedichte, hatte zwei Selbstmordversuche hinter und noch ein paar vor sich, war Magister der Philosophie und Kellner in einer Bar, suchte nach dem Sinn des Lebens und nach Gott, und lebte nach dem Motto *Keine Kompromisse*, und so hatte man einen Kreis von Schubfächern, eine zurechtgeklebte Lebenswindrose, die gegen die Zeit und die Verworrenheit helfen sollte, indem sie gegen sie entschied und den Schein zur Wirklichkeit erklärte. Nun erst begriff er das Wort, das er einst in einem Buch im *Aquarium* gefunden und nicht mehr vergessen hatte *Bedenke, daß neben dem lachenden öffentlichen Menschen der seiner Einsamkeit steht.* Und er hatte nicht das Empfinden, daß seine Liebe zu Sophie ihn blind mache für alles andere, er empfand das Gegenteil, sie lehrte ihn sehen. Er sah Nora und ihren Brief, den er noch immer nicht beantwortet hatte; eine Frage, eine Mahnung, eine Bitte, die schon den Kopf zu senken begann, so lag das weiße Blatt mit den linealgeraden Zeilen und den manchmal beinahe unleserlich zusammenfließenden Buchstaben in der Schublade seines Schreibtischs, er las es wieder und wieder, obgleich die Zeilen in ihm zu brennen begonnen hatten und Wiederlesen sie nicht löschte.

Er versuchte, sich abzulenken. Stundenlang saß er, wenn Holetschek es gestattete und Martin ihm den Schlüssel gab, abends in *Cook's Basar* und hörte den Geschichten der kleinen Dinge zu, die in dem Gewölbe versammelt waren. Jene Reiherfeder dort auf einer längst aus aller Mode gekommenen, wehmütig verstaubenden Samtkappe – einst hatte vielleicht eine Frau noch einen prüfenden Blick in den Spiegel geworfen, schon in Abendkleid und Mantel, hatte es mit den Augen des Mannes getan, dem sie entgegengehen würde, denn nun waren ja Kappe und Feder wie der Mantel und die nachtblaue Farbe des Kleids zu einem Teil ihrer selbst geworden, zu einem Teil von Geschehnissen, die einst Erinnerungen sein würden, nicht im Anderen, sondern für den Anderen geschaffen: *Ja,* sollte dies heißen, *was für eine entzückende, hübsche Frau, wie adrett gekleidet, wie einnehmend ihr Wesen, das schon im Lachen zu weben schien, in der Leichtigkeit, mit der sie mir entgegenkam, unter der wippenden Reiherfeder, daß ich lächeln mußte, als ich sie sah, daß sich mein Herz öffnete ...* Jenes silberne Gewirk, Intarsie in einem alten Schrank, wieviel Liebe, wieviel Besessenheit zum Detail, zur Forderung, die die Grenzen des Tages weit überfliegt, und die vielleicht nichts anderes ist als wiederum Liebe, mochte dazugehört haben, dies herzustellen? Florian sah einen Silberschmied bei der Arbeit, der Tage um Tage über die Filigrankunst sich verzweigender Linien gebeugt saß, das Punzhämmerchen in der Hand, Streit, Gezänk, Geldsorgen, den mißratenen Sohn, die Launen des kranken, alten, kindisch gewordenen Vaters vergessend über der Schwerelosigkeit seiner Blumen aus silbernem Licht, die unter seinen Händen wuchsen und für Fremde bestimmt waren, die, den Schrank öffnend, flüchtig darüber hingleiten und, für kurze Augenblicke der Kühle, die unendlich zarte Feinkunst metallener Linien fühlen würden, ohne zu verweilen und dem Wunder nachzuspüren, das ein vom Leben gebeutelter Mann aus der Schwere seiner Tage geschaffen hatte. All dies hörte er, all dies lehrte ihn das Staunen und die Ehrfurcht wieder. Denn alle diese Dinge, ihre Geschichten und das Staunen davor waren Siege gegen den furchtbarsten aller Feinde, den Tod.

Florian dachte an sie. In der lichtdurchtauchten Stille des *Aquariums,* in den Morgenstunden, wenn er ihr nicht mehr auf der Treppe begegnete, nicht mehr die Fröhlichkeit ihrer Augen sah, ihr Summen und Singen hörte, wenn sie duschte, ihr Geigenspiel an den Nachmittagen, im geheimnisvollen Dämmer von *Cook's Basar,* angefüllt mit Erinnerungen, zu denen seine dann wie Geschwister traten. Er dachte an sie, wenn er durch die Straßen des Viertels ging, auf denen sie ihm nun nicht mehr entgegenkam, im hellen Kleid, lächelnd schon von ferne. Ins Labyrinth war ein Purpurfaden gelegt, der alles Schroffe, Abweisende zu Vertrautem, Gewährenlassen, Zuversichten führte, nun aber, im Überschwang, zu einem Knäuel verwirrt war, dessen Anfang und Ende er nicht mehr finden konnte. *Vielleicht*, dachte er manchmal, wenn das Erinnern emporschwebte auf erleuchtetem Wein und dem Stimmenteppich des *Portugiesischen Cafés*, *vielleicht war der Keim jener Schmerz gewesen, wie ihn das flüchtige, nur vom anderen tiefer empfundene Berühren bereitet*, das Verstummen vor einem entscheidenden Wort, die Scherben von Wünschen, die im Herz steckenbleiben; vielleicht führte das Rätsel zurück bis in die wärmende Bernsteintiefe von Sophies Augen, wo etwas von ihm gefangengenommen worden war – das, was mächtiger ist als die Zeit. *Wie hoffnungslos leben wir in Hoffnungen, wie taumelt man an der Lockung eines Lächelns, am purpurnen Faden, der in den Händen brennt,* dachte er, wenn ein Blick von ihr, eine Bewegung, eine Geste oder ein Abwenden, an das er sich erinnerte, seinen Deutungen entging, und *Die Sonne ist einsam ohne dich.*

– *Florian …*
– *Sophie?*
– *Schon gut. Nichts. Es ist nichts.*
– *Ihr reist bald?*
– *Ja. Wir reisen bald.*

Und Florian schrieb Gedichte, die ihm zuströmten aus bisher unbekannten Tiefen. Es waren Gedichte voll ungestillter Liebe, voll Sehnsucht nach Liebe und Schönheit, er saß am Schreibtisch, wenn draußen Schatten stiegen wie Geisterrauch von nächtlichen Waldquellen, hatte das Fenster geöffnet und fühlte die kühlende Berührung der Luft auf den bloßen Schultern, schrieb in das blasse Nachtlicht seine Verse, Blatt um Blatt, schrieb für Sophie, Angst und Freude zugleich empfindend, ein Gefühl, von dem die Worte sich lösten wie Blütenblätter vom innersten Kern der Blume, wenn die Sonne sie berührt. Und als er glaubte, alles gesagt zu haben, gab er ihr eines Tages die Mappe, auf der das

Wort *Träume* geschrieben stand, sagte nichts dazu, keine Erklärung, kein schüchternes Gemurmel, das sie als etwas Besonderes hätte deuten können, und ging, bevor Verwunderung und Erkennen ihr Gesicht veränderten.

Dann hatte Johannes Urlaub.
Dabei änderte sich vorerst nichts, als daß nun nicht mehr jeden Morgen, im tastenden Licht, der Wecker schepperte, kurz darauf ebenso erbost wie gewohnheitsmäßig-resignierend mit einem Schweigehieb bedacht, friedlich tickte er weiter, wenn Florian aufwachte und nach den Gegenständen seines Zimmers sah, halb ungläubig und halb erstaunt nach verwirrenden Träumen, wenn sie sich nicht verflüchtigten und blieben und also Wirklichkeit sein mußten, die zum Tagwerk rief. Aber in den gewohnten Farben war ein Kreis stiller Wachheit entstanden, war hervorgebrochen mit der sonderbaren, unbemerkten Abruptheit, mit der Blumen von der Nacht zum Morgen plötzlich erblühen, wenn die Menschen schlafen und sie in den Träumen nicht sehen. Nun gab es Abende, an denen Florian nebenan bei Johannes lange Licht brennen sah und Valentine liebevoll ausgiebige Abendessen zubereitete, dann leuchteten Kerzen zu ruhigen Gesprächen und verloschen erst, wenn Florian lange schon schlafen gegangen war, gaben ihren aromatisch duftenden Rauch in die rauschende Dunkelheit, in der Valentines Süße sich öffnete wie Blütenlippen.
Abende, wo eine Regung alles veränderte und die Zeit im Licht aufgelöst war, wo man eine Hand an einem Fenster in der Ferne sehen konnte, aufgetan wie eine Erinnerung, jede in ihrer besonderen Art von Stille, und wiederum die Zeit – juwelenflüglige Libellen, die einen Moment vor den Betrachtern verharrten, die Wirklichkeit für Augenblicke bestürzend machten, bevor sie in geheimnisvoll lautloser Verwandlung ins sinkende Licht glitten und dort, wo sie den Fortgang, die Wandersprache der Dinge unterbrochen hatten, eine Leere hinterließen, die sich erst allmählich, manchmal aber auch nicht mehr, füllte.

Johannes begann, seinen Traum in die Tat umzusetzen – die *Hirondelle* wiederaufzubauen, Emilies kleine *Klemm*, die im Schuppen unten im Hof vor dem *Portugiesischen Café* viele Jahre ein Schlaf-Dasein geführt hatte, zerlegt in Einzelteile und verpackt in große Holzkisten. Emilie war skeptisch: es fehlten Motorteile, Ölleitungen, Fallschirme; Bordfunkgerät und Höhenruder waren beschädigt, und auch sonst mochte einiges im Lauf der Jahre zerstört worden sein. Aber Emilie half Johannes, so gut sie konnte, ihre Augen leuchteten, in den Tiefen des Schlehenblaus sah sie etwas, was sie mit niemandem mehr teilen konnte, nicht einmal mehr mit ihren Freundinnen und den Flugveteranen, die hin und wieder das *Portugiesische Café* besuchten. Eines Abends war Johannes zu ihr gekommen, sie hatte ihm schweigend zugehört und aus dem Fenster in die Ferne gesehen, in den Himmel über Port Said und Tanger und Lissabon, in ihre Jugend ...

Als es bekannt wurde im Haus und im Hecht, gab es die verschiedensten Ideen. Kajetan Klakus schlug vor, die *Finanzierung des Unternehmens*, so sagte er und nickte bedeutsam, zu übernehmen, wenn Johannes dafür ein noch herzustellendes Spruchband mit der Aufschrift *Zauberhafte Genüsse, Hechtviertel* spazierenfliegen würde, aber Madame Duvillier hielt nicht viel davon und wollte es Johannes ausreden, denn sie war abergläubisch, was Träume betraf, und erzählte sehr viel von einem, den sie kürzlich gehabt hatte, hauptsächlich war es darin um gefällte Bäume und rutschendes Erdreich gegangen. Holetschek hingegen wollte *Beziehungen spielen lassen. – Was, sagtest du, brauchst du für Teile?* und rieb sich unternehmungslustig die Hände. Martin bot seine Hilfe an, er konnte schweißen, in Holetscheks Lager standen Werkzeugkisten und Gasflaschen, auch andere Arbeiten wollte er übernehmen.

»Zum Ausgleich«, sagte er zu Johannes, »hab' erstmal die Schnauze voll vom Malen.«

Madame Duvillier, die nach vergeblichen Überredungsversuchen schließlich einsehen mußte, daß Johannes vom Fliegen nicht abzubringen sein würde, die wie die Philosophen sehr unter der Hitze litt und Kleider trug, so leicht wie Apfelblüten, bat ihn, von der *Hirondelle* aus Raketen in den Himmel zu schießen, weil sie gehört hatte, daß man es dadurch regnen lassen könne. Und Sophie wollte mitfliegen …

»Aber ich habe keine Lizenz«, gestand Johannes. »Das kostet Strafe, wenn sie mich erwischen, und vielleicht mehr. Keine Ahnung. Das Risiko willst du eingehen?«

»Ja«, erwiderte sie.

»Wir müssen es nachts oder abends machen, wenn uns keiner sieht, oder bei Gewitter, wenn alle zuhause sind. Und«, er blickte sie schnell und prüfend an und hob abwartend die Brauen, »du weißt nicht, worauf du dich einläßt. Früher hab ich Segler und Motorflugzeuge geflogen, aber eine *Klemm*? Noch nie. Und überhaupt müssen wir sie erst einmal wieder hinkriegen. Stell dir das nicht so einfach vor. Was, wenn wir fliegen, und uns passiert was? Irgendwas geht kaputt? Hast du das schon mal gemacht: aussteigen aus einem abstürzenden Flugzeug?«

Sophie schüttelte den Kopf. Johannes nickte.

»Hab ich mir gedacht. Dabei braucht's gar nicht das zu sein. Stell dir vor, du rutschst auf der Leiter aus, fällst, brichst dir das Handgelenk, kannst nie mehr geigen. Ich meine nur!« wehrte er ab, als er ihren Blick sah. »Ich will damit sagen – es ist kein Kinderspiel, und wenn du wirklich mit mir fliegen willst, mußt du trainieren und einiges an Handgriffen beherrschen.«

»Gut«, sagte sie nach einigen Sekunden und verschränkte entschlossen die Arme. »Wo willst du es machen?« Sie mußte die Frage lauter wiederholen, um den Lärm im Lokal zu übertreffen.

»Draußen auf dem Heller, abends. Altes Militärübungsgelände. Es gibt einen Wächter, aber der ist mit Holetschek bekannt, drückt ein Auge zu. Trainieren kannst du mit Emilie.«

»Nimm mich mit, bitte«, sagte sie leise. Johannes hatte es trotzdem verstanden. Sie hatte die Geige noch in der Hand, und die

Geste ihrer Rechten, mit dem Bogen, war von merkwürdigem Ernst. Er sah sie an, sie hielt seinem Blick stand, er nickte. Es war an einem Donnerstag, und *Tango Verde* spielte im *Portugiesischen Café*.

Zeit, und der weithintragende Strom, Zeit, unergründliche Zeit …
Und die Sehnsucht, schweifender Vogel … Oft ging Florian, wenn er aus dem *Aquarium* kam, noch im Wald spazieren, und was er mitbrachte, war von besonderer Art: die Erinnerung an den zuckenden Flug eines Falters, der ins Licht entglitten war, die blätterberührende Sanftheit der Schwingungen danach, eine Farnrispe, deren Jahrmillionenform er fasziniert betrachtete. Es war, als sei eine Tür in die Zeit für jeden seiner Sinne geöffnet, die nun, wiederholte, aber selbständige Spiegelungen, in ganz verschiedenen Träumen lebten, aus denen sie ihm Eindrücke vor sein erstes inneres Auge sandten, die sein Bewußtsein staunend als unbekannten Zutrag zur sonstigen, ungebrochenen Wahrnehmung registrierte; es war, als könnte er die Dinge zugleich in ihrem und in ihrem Muster zueinander sehen, als sei er Orchestermusiker und Dirigent zur selben Zeit. Und die Blume im Tag, die Sophies Schritte zum Blühen brachte, da waren die fließenden Wasser des Lichts, von denen er ihr Haar und das Flaumspiel ihres Nackens trank, da war die zauberkräftige Natur, sie zu erwarten. In der Dämmerung, bei offenem Fenster, wenn der Wind das ruhige Gespräch des Parks öffnete wie ein großes Abendbuch, erinnerte er sich an Waldgänge in der Kindheit, etwas hatte ihm dies zugetragen, ciner der sanften Luftzüge, unmerklich ändernd wie der Blick der Zeit, hatte es ihm zugetragen im Arom der Fichten, das vom Wald herüberwehte, im Raunen der Baumriesen, das von fern zu hören war, und er erinnerte sich an die einsamen Wege in der Dunkelheit, die sie wie schweigende Wächter säumten, an das Alleinsein mit den Gedanken und dem Himmel. Er stand am Fenster, bei Sophie war alles dunkel, von unten drang gedämpft das Stimmenge-

wirr des *Portugiesischen Cafés* herauf, und wie ein unsichtbarer Schlüssel hatte ihm dies kaum wahrnehmbare Spiel der Luft das weite Land der Kindheit aufgetan: Farnesuchen mit dem aus den Augen gekommenen Schulfreund, der zu heftigen Gesten und zu hektischer Aufgeregtheit neigte, so daß es komisch und merkwürdig zugleich aussah, wie er, mit viel zu langen, schlenkernden Armen, hager wie ein Mönch, vom Fahrrad sprang und seitab in eine Wiese lief, die Spinnenfinger wie Geäst ins Licht gespreizt, um gleich darauf mit geröteter Nase und freudestrahlendem Gesicht aus einer Wolke von Grün aufzutauchen, wo er einen seltenen Farn erspäht hatte, nur durch eine Blendung im Vorüberfahren, eine Schattierung, durch sein feines Gehör für das stumme *Hier bin ich*. Einsame Waldgänge, um die gewaltige, verstörende Erfahrung von Lektüren notdürftig zu ordnen, *Die Brüder Karamasow* oder *Krieg und Frieden*, den Andrang der Empfindungen aufzulösen in die Klarheit des Lichts, in das ehrfurchtgebietende Raunen der Baumriesen, um herauszufinden aus der Überwältigung, sie zu brechen, aber nicht ungeschehen zu machen. Erinnerungen an Sommerregen, denen seine Klassenkameraden und er von einer offenen Blockhütte aus zugeschaut hatten, an den Fund eines verbeulten, grünspanüberzogenen, aber noch intakten Opernglases aus Messing, und es gab den nie ganz verwundenen Verlust des Taschenmessers, das er einst von seinem Großvater geschenkt bekommen hatte ... All dies kehrte zurück und stand greifbar nahe vor ihm, wie früher unternahm er Waldgänge, sah die vielen Augen wieder, führte die Zwiegespräche mit dem Alleinsein. Anfangs, wenn das Viertel noch in Hörweite war, begegneten ihm viele Spaziergänger, junge Familien mit ihren kleinen rotwangigen Kindern, ältere Herren mit Hüten, auf den Rücken gelegten Händen und dem Blick in den Wipfeln, und in Wahrheit in der Schulzeit vielleicht, wo sie *Die Glocke* gelernt und dann niemals wieder vergessen hatten; Schulzeit, aus der ihnen die Stimme des Lehrers geblieben war, die zu ihnen vom Zwielichtreich des Uhus und der Blauraken gesprochen hatte, oder

der Anblick eines bis zu den Hüften herabreichenden Zopfes, das aufblitzende Lachen der Klassenschönen. Je weiter Florian kam, desto seltener wurden die Begegnungen, nach ein paar Kilometern blieben auch die vereinzelten Liebespaare aus und die verschwiegenen, jeden Entgegenkommenden aufmerksam betrachtenden alten Damen, die vielleicht eine Napoleon- oder Frauenschuh-Stelle kannten. Dann waren die Wege, die er ging, schmal und mit Grasbülten überwachsen, man sah frische Tierspuren, an mächtigen Buchen verwitterte Orientierungszeichen, und die ihm hier noch begegneten, zwei, drei hagere Männer mit federndem, lautlosem Schritt, mußten Wanderer oder Philosophen sein.
Er dachte an Nora und an ihren Brief.

Eines Abends besuchte ihn Sophie. Sie klingelte, er empfing sie in Hemd und Bermudas, bat um Entschuldigung dafür, als er sie in einem hellen, blumengemusterten Kleid sah, eine Flasche Wein und zwei Gläser in der Hand, das Haar wie damals beim Besuch im *Aquarium* zu einem lockeren Zopf geflochten, der ihr nach vorn über die bloße, schimmernde Schulter fiel, und unten das grüne Samtband trug. Ob er überrascht ausgesehen hatte, vielleicht sogar leicht unwillig, da er niemanden erwartete, oder zu träumerisch, um auf Besuch vorbereitet zu sein: Sophie schien erschreckt.
»Oh, ich wollte nicht stören, bitte entschuldige, ich ... ich wollte nur fragen, ob du ein Glas Wein mit mir trinken möchtest, es brannte Licht, und da dachte ich ...«
»Gerne, du störst mich nicht, komm doch herein!«
Sie wies auf ihre Tür, aber er ermunterte sie, einzutreten, was sie schüchtern und erst nach mehrmaligem Fußabstreichen tat – wie damals, als sie und Philipp bei ihm übernachtet hatten. Sie gab ihm die Hand, blieb am Eingang stehen, Florian bat, sich nur schnell umziehen zu dürfen. Sein Herz klopfte, als er zurückkehrte und im Licht des schmalen Korridors den honiggoldenen Fluß ihres Haars sah, ihre Arme, ihre hellen, feinen Hände.

»Gehen wir hinein? Laß mich den Wein nehmen.«
Sie gingen ins Zimmer. Florian schenkte ein, sie stießen an.
»Zum Wohl, Sophie. Schön, daß du mich besuchst.«
Sie lächelte.
»Zum Wohl.«
Sie sah sich um, er folgte ihrem Blick, der auf einem Blumenbuch liegenblieb.
»Ich habe es mir vorhin angesehen. Die Zeichnungen sind so liebevoll und genau, sieh nur«, sagte er, froh darüber, fürs erste ein Gesprächsthema gefunden zu haben. Er stand auf und gab ihr das Buch. Sie stellte das Glas beiseite und nahm es behutsam aus seinen Händen.
»Es erinnert mich an Japan«, sagte sie nach einer Weile leise, »an die Frau, die zu uns kam und Mutter Ikebana lehrte. Sie war so still, sie bewegte sich fast ohne Geräusch. Wenn sie das Zimmer betrat, war es, als ob Stille hereinkäme. Ich sehe noch immer ihre schwarzen Augen, in denen sich Blumen spiegeln ... seltsam, daß sich die Dinge der Kindheit so einprägen. Von den Jahren zwischen zehn und sechzehn zum Beispiel weiß ich kaum noch etwas, aber viel noch aus der Zeit, als ich in die Schule kam ...«
Sie senkte den Kopf.
»Manchmal habe ich so etwas wie Heimweh nach Japan. Ich möchte die Kirschblüten wiedersehen und die Lichter auf den Flüssen zur Zeit des Bon-Festes ... Die Tempelglocken im Winter hören, bei einem Dorf in Nordjapan, den Flug der Wildgänse sehen ... ich weiß«, sagte sie mit scheuem Lächeln, Florians Blick ausweichend, »das ist nur eine Verklärung, ein Traumbild, aus dem ich erwachen würde, wenn ich die Reise anträte. Aber manchmal habe ich diese Sehnsucht und möchte am liebsten fort.«
Er sah auf seine Hände, die Falten, die Linien. Ein Wachstropfen rann von der Kerze des Messingleuchters, der zwischen ihnen auf dem Tisch stand. Die Flamme brannte unruhig, flackerte auf.

»Ich kenne das«, erwiderte er. »Oft möchte ich einfach hinaus ins Andere, möchte das Leben, das man so führt, mit seinen Kompromissen, seinen Intrigen, seinem Schmutz, hinter mir lassen, möchte mein Bündel schnüren und einfach gehen, von heute auf morgen ... Martin glaubt, es sei im Grunde Sehnsucht nach Liebe oder Zärtlichkeit, wenn man hinauswill ohne bestimmtes Ziel.«

Sophie atmete hörbar ein.

»Du bist allein, nicht wahr?«

Florian griff mit zitternden Händen zu seinem Glas. »Ich habe doch Freunde«, wich er aus und bemühte sich, seiner Stimme einen Beiklang von Verwunderung zu geben. Hitze überflog sein Gesicht. Er räusperte sich und sagte fest und ohne Schroffheit: »Nein, allein bin ich nicht.«

»Ich wollte dir nicht zu nahe treten mit meiner Frage.« Sie schüttelte behutsam, wie um Verzeihung bittend, den Kopf. »Ich wollte mich eigentlich nur bedanken. Für deine Gedichte ...«

Er spürte, daß er rot wurde und warf ihr einen raschen Blick zu. Sie saß sehr ruhig und still und blickte in die Kerzenflamme, die träumerisch und langsam in hauchfeinen Luftzügen floß.

»Und?« fragte er hastig, mit rauher Stimme. Sie antwortete nicht.

Dieses »Und«, zu scharf und schnell gesprochen, hallte in ihm nach, blieb wie eine Zurückweisung im Raum. Er stand auf, trat ans Fenster und atmete, als er es geöffnet hatte, tief die weiche Nachtluft ein. Er kehrte Sophie den Rücken zu und erschauerte, als er sie neben sich stehen spürte. Er sah sie nicht und wandte nicht den Kopf, um sie zu sehen, es war genug, daß sie gekommen war, plötzlich und doch behutsam, als ein Duft, der vor seinen Blicken lag und die Dinge veränderte, geschaffen aus dem Herzschlag der Sekunden, zu dem ein anderer nun getreten war. Die Zeit war kein Mysterium mehr, der dunkle Mantel, den er und alle Menschen trugen, sondern glitt herab von seinen und ihren Schultern, so daß die Sterne über den Dächern unbegreiflich nahe waren und es nur noch eines sanften Aufrufs, ihres Flüsterns, bedurfte, um zu ihnen zu gelangen, und dann schon nicht einmal mehr des Flüsterns, weil sie beide ganz leicht wurden, befreit vom Mantel aus Zeit, und ferne Musik sie schwebend hinauftrug von Gedanken und der plötzlichen tiefen Wortlosigkeit zwischen ihnen. Es war ein Stück von Schumann, das heranwehte, vielleicht aus Martins Erkerfenster, vielleicht aus einem der umliegenden Häuser.

– *Der Mond, wie still er scheint. Hörst du? Die Bäume flüstern.*

– *Das ist die Zeit, Sophie, die Zeit, die sich erinnernde Zeit …*

– *Da spielt jemand Klavier …*

– *Vielleicht kommt es von Martin, er hat einen Schallplattenspieler im Erkerfenster.*

– *Das kenne ich, es ist aus den* Davidsbündlertänzen …

– *Das* Wie aus der Ferne … *Kempff spielt, er liebt diese Aufnahme.*

– *Ich möchte fliegen können, Florian, bis zu den Sternen …*

– *Du kannst es, und ich kann es auch, schließ die Augen … Spürst du es?*

Wieder ging er in den nun ruhig entzündeten Abendröten und erinnerte sich: Sophies Lächeln, eine Geste ihrer Hand, Lichttupfen auf ihren Lippen im August, sie und er vor der Sekundogenitur auf der Brühlschen Terrasse, neben den ins Pflaster gesenkten Worten des Saturn und der Venus; erinnerte sich an eines der Sommergewitter, das sie im Großen Garten überrascht hatte, Sophie und er im Regen … An verlassenen, dunkel und schwingend gefaßten Barockteichen vorbei waren sie im Überschwang gelaufen, aus purer Lebenslust, Sophies Haar in schmelzender Auflösung, ihr Kleid am Saum von Ästchen und Gras verschmutzt, ihre Schultern und Arme mit einer zerrinnenden Regenhaut überzogen, die Kontur ihrer Brust und ihrer berührten Mitte unter dem völlig durchnäßten Stoff, er selbst barfuß, die Schuhe hielt er hoch, bis Sophie sie ihm, hell auflachend, wegnahm und damit davonrannte, um sie dann, als er sie beinahe eingeholt hatte, mit der so entzückend ungeschickten Armbewegung vieler Frauen seitwärts ins Gebüsch zu werfen, so daß er hinterherkriechen mußte, milde fluchend und sich selbst wie ein Straucheber vorkommend, so auf allen vieren; über und über mit alten Blättern und Holzmulm bedeckt, Spinnweben im nassen Haar, tauchte er, zu ihrem unbändigen Lachen, wieder hervor … wie sie, in plötzlichem Ernst abbrechend, nähergekommen war, ihm das Haar vorsichtig aus dem Gesicht gestrichen, von den Spinnweben gereinigt hatte… Und in jenem Moment hatten sie ein Wunder gesehen – die Erinnerung besaß die brennende Nahheit von Liebesaugenblicken: der Aufflug des Schillerfalters aus dem Gebüsch, wie er emporstieg in das regendurchtraufte Licht in weichem, wie zugleich beseligtem und verwirrtem Taumelflug, Sophie und er entdeckten ihn gleichzeitig und hielten mit offenen Mündern inne, plötzlich wie herausgebrochen aus der Gegenwart und in einen Bezirk immensen Erstaunens gelangt, als könnten sie nicht recht glauben, was sie sahen, dies metallisch schimmernde, violette Auffunkeln über ihren Gesichtern, für Sekunden greifbar nah, doch nun wieder in Ungewißheit und in den Baumkronen sich entfernend wie in Zonen des Zweifels, unten standen sie beieinander, auf Zehenspitzen, und blickten dem Wunder nach, dem Schmetterling, den keiner von ihnen je zuvor lebendig gesehen hatte. In zuckendem Blau, das tiefer und reicher war als das des Himmels bei einbrechender Nacht, entglitt er ihrem Gesichtskreis und blieb doch als Schattenspur vor ihrer beider Augen zurück, als gebannte Sekunde in der unendlich fließenden und vergehenden Zeit, die unberührt war von den Spaziergängern in der Ferne, dem erfrischten Baumgrün im nach und nach versiegenden Regen, Vogelrufen, die sie durch den Schleier ihrer Verwunderung, ihres geheimen Einsseins wahrnahmen. Wohl niemals würde er den Anblick des Falters vergessen, wie dieser, in der schimmernden und stillen Abruptheit, mit der die Flamme aufleuchtet, vorhanden gewesen war, nur vom Gedanken und der Vermutung in eine Vergangenheit, in ein dem Tod Unterworfensein gesetzt; Licht schien sich verwandelt zu haben, herausgegriffen und verdichtet die Möglichkeit jener Form, jenes beinah unwirklichen, irisierenden Blaus, eingefaßt in leichte, hellbraune Schwingung, das im Höhersteigen in sanfter Betäubung zerflatterte, schreckhaft blinzelndes Augenlid eines Luftgeists, der vor der Zeit erwacht ist. Florian sah alles vor sich – die Verletzbarkeit des haarigen Leibs, der, aufgehoben in fließender Flügelform, wie einem erstaunt lächelnden Unglauben der Natur an sich selbst abgerungen wirkte und dem sie, wie um ihm wissend Schutz zu gewähren vor dem Sonstigen in ihrem eigenen weiten Reich, etwas aus ihrer Seele mitgegeben zu haben schien, das Mysterium der Verwandlung; er sah das Auge auf der Innenseite der Flügel, zartes Orange inmitten der bräunlichgrau und weiß gesprenkelten Täuschung, die Leib war und doch nicht mehr Leib über den kapillarfeinen Fühlern, den Beinchen und dem unergründlichen Instinktwillen hinter den Facettenaugen, die wie winzige Bluttröpfchen aufleuchteten. Er sah jenes Auge, die zarte Rundung auf dem Flügel des Schmetterlings, und vielleicht war es das Auge, mit dem die Schöpfung auf sich selbst blickte, um zu erkennen, was es an Bösem in ihr gab, und es dann einer blinden, in alles umfassender Tiefe webenden Kraft mitzuteilen, und vielleicht war es dieser Gedanke, nachdem er ihn ausgesprochen hatte, was sie schweigen und nachdenklich nach Hause gehen ließ …

Gartenfeste: Stimmen und Lachen am Abend, Zeit der graublauen Dämmerungen … von den Loschwitzhöhen sah man weit ins Land, ins Böhmische, wo die Berge den Widerristen von Stieren glichen, in die Sächsische Schweiz … Laternen schwebten, bleiche Monde, über den Tischen, die man in den alten Gärten aufgestellt hatte, Schwärmer und Glühwürmchen tanzten um den Lichtschein, winzige, glasgrüne Fünkchen. Liebespaare tauchten still in die Dunkelheit, und wenn ein Auto vorüberkam mit schwankenden Scheinwerferkegeln, leuchteten die Augen der Frauen auf, rätselhaft und nach den einsamen Spaziergängern forschend, sie strichen sich das Haar zurück

und lehnten ihren Kopf an die Schultern der Männer. Im warmen Schein der Windlichter waren die Gesichter der Sitzenden hintergründig und still, manchmal war die Luft für Augenblicke vollkommen ruhig, starr wie Glas, dann hörte man Lachen und Musik von weither, hin und wieder Geigenspiel, silbern und entrückt, eine Sonate von Bach oder Mozart, dann lauschten sie, Florian neben Sophie, die nachdenklich den Kopf in die Hände gestützt hatte, Isabel und Arndt entfernter an der langen Tafel, an die sie zu Gast geladen waren, Nora kaum sichtbar in der Dunkelheit, in der die Glutpunkte von Martins *Elegantes maduro* und Karstens Zigarette leuchteten.
Fenster, die wie Augen ins Weite sahen und sich spiegelten in gegenüberliegenden: Lichtinseln, einander angefügt; man sah eine Lampe, einen Mann davor, über Papiere gebeugt, die schweigsamen und entfernten Träume einer Frau im Sommerkleid, unbewegt inmitten der fließenden blauen Schattenschrift des Himmels … Erinnerung, wie es war, als Johannes und Martin die Kisten aus dem Schuppen ins Freie räumten und auf einen Lastwagen luden, um zum Heller zu fahren, wo Holetscheks Bekannter eine alte Garage entdeckt hatte, in der sie vorläufig alles unterstellen konnten …
Fenster, das Spiel des Vorhangs im Wind, Florian und Martin lauschten und regten sich nicht; der Rauch der *Elegantes* hob sich zu einem dünnen Schleier, eben hatte Martin etwas vorgelesen:

Eines Tages schloß er den Flügel. Im kleinen Kreis hatte er gespielt, für Freunde, mitten im Spiel brach er ab und sagte, und die, die ihm nahe saßen, hörten das leise Zittern in seiner alt gewordenen, aber noch klaren Stimme: Jetzt bin ich müde.

Und es war schon September, noch immer waren die Stunden gefüllt mit dem Rauschen der Buchenkronen, dies war die erste Stufe auf der Treppe zur Stille, Stufen mit dem Lichtgeländer des Akaziendusts und der Wolkenströmungen, und dann, wie berührte Quellen, öffneten sich andere Geräusche, färbten das Rauschen, wurden getragen. – Fenster, eine Frau rief ihre Kinder zum Abendessen, und dann stellte Florian sich vor, wie sie aussehen mochten, schmutzig vom *Räuber-und-Gendarm*-Spiel unten in der eingezäunten Wildnis, staubbemehlt, mit Dornen und Kletten besät, jemand übte auf einer Violine, im Häuserblock gegenüber, und dann kamen die Geräusche des Zimmers hinzu, ihr eigenes Atmen, die Reibung von Stoff, wenn jemand sich bewegte, Florian sah zur Decke hoch und spürte, daß Sophie ihn ansah, ihr Haar bewegte sich sacht im Luftzug, in ihren Augen lag etwas, was er nicht zu ergründen vermochte, so daß er immer wieder, freilich flüchtig und hastig abgestohlen, seine Blicke in ihre tauchte, sie aber fast sofort, als sei es ihm unangenehm, auf etwas anderes lenkte, um dort, auf den Pflanzen, den Kakteen mit ihren Kugel-, Giraffenhals- und Schlappohrformen, Sophies Matisse-Bild, etwas von ihrem Blick anhaltender zu betrachten und mit ihm allein zu sein …

– Hörst du? Dann spielte er nicht mehr oder doch nur noch das, vielleicht nur mit dem Ausdruck seiner Augen vor den Schülern, die jede seiner Regungen genau kannten, was abgebrochen war, spielte es doch zuende, obwohl die Müdigkeit ihn für den Moment eines Sommernachmittags besiegt zu haben schien, Hörst du?

– gis-Moll, jenes Stück in gis-Moll aus den Symphonischen Etüden, *er spielte es, plötzlich verwandelt, als sei er aus dieser Welt in eine andere getreten, verwandelt wie das Licht im dunklen Auge, das es sieht, spielte mit der Nachthand jene Wiederkehr der Träume, um die sich alle andern Melodien zu Abschieden ordneten, rührte an, ließ sie treiben, dunkles Land auf einem dunklen Strom, und es war schon September –*

In den Nächten schwebten siebenfingrige Blätter auf den mondhellen Pfützen. September, und die Vergängnis des Lichts begann an stillen Rändern, manchmal ein Schatten in den Fenstern zu wolkenloser Stunde, und die Morgen schimmerten bläulich wie die Reife auf der Haut der Pflaumen.

Die Spätsommerregen kamen. Tania und Emilie mußten die Tische und Stühle im Hof in den Schuppen räumen, von dem das lange Trollhaargras nun ganz zerzaust herabhing.
»Geradezu trübsinnig wirkt es!« meinte Kajetan Klakus, der den beiden Frauen bei der Arbeit half, nickte den Grassträhnen zu, strich die tiefgrünen, vom Regen lackglatten Birnbaumblätter vor der Schuppentür beiseite und verschwand, eine erloschene Pfeife zwischen den Zähnen und Stühle auf der Schulter, im Schuppeninneren. Die Philosophen mochten, da Emilies Freundinnen nachmittags nicht mehr erschienen, nun Privatakademien halten, und auch sonst war es stiller geworden im Haus, im *Portugiesischen Café*. Florian war traurig, schrieb nichts und aß nichts. Ohnehin schlank, magerte er noch mehr ab und glich in jenen regengefüllten Septembertagen einem sich härmenden Vogel, der nicht mehr fliegen kann und die Kälte in sich emporkriechen spürt, weil sein Gefieder naß geworden ist. Teilnahmslos saß er da, hob kaum den Kopf, wenn Kunden das *Aquarium* betraten, teilnahmslos und müde wehrte er die vorsichtigen Anfragen Korras ab und wollte niemanden sehen.
»Aber warum fragt er sie nicht?« sagte Sandra zu Johannes, als sie einmal in Korras Wohnzimmer, neben dem mürrisch gewordenen Käpt'n Flint, auf Martin warteten. Sie zuckte die Schultern, schüttelte den Kopf. »Und Sophie? Merkt sie denn nichts?«
»Und Nora?« fragte Johannes. Sandra schlug die Augen nieder und sah dann, wie von plötzlicher Unruhe erfaßt, auf ihre beringte Hand, auf den Teppich, die leis tackende Uhr, sah aus dem Fenster, vor dem die Häuser wie mit fröstelnd hochgezogenen Schultern im zarten Regengrün standen. Und Nora … Johannes hatte sie gesehen, als er einmal allein aus dem Kino gekommen und noch ganz erfüllt von den Bildern war, den farbmächtigen und anrührend poetischen Visionen Fellinis, die aus der Dunkelheit tauchten und ineinander übergingen wie die

zitternden Spiele des Lichts auf einem Fluß, und was er gesehen, zuerst und immer dann, gesehen hatte, war die Angst ihrer, Noras, Hände, fahl beleuchtet von der Laterne vor dem Park – wie sie wußten, daß sie nicht mehr von Florian berührt werden würden, oder doch nur flüchtig und kalt, Hände aus Glas, daß sie zu ihm nicht mehr sprechen durften in der wortlosen, berührenden Sprache der Liebe, und Noras Gesicht war abgekehrt von dem Florians, der an der Hauswand lehnte, sich mit der Rechten hastig durchs Haar fuhr, den Kopf schüttelte, die Linke, in der er einen Brief hielt, abwehrend erhoben. Wie auf einer Insel standen die beiden im Lichtkreis, über den Baumkronen türmten sich grau geäderte Wolken, lösten die Konturen entfernter liegender Dächer und nahmen sie mit sich ins Unwirkliche, wo die Stadt lag, der Fluß, von dessen Gerüchen die regenschwangere Luft erfüllt war, vom Duft nach gemähtem Gras, nach Tang und Meer, und Johannes sah Florians Gesicht vor sich im Wind, und Noras Hände, dann der flackernde Widerschein eines Streichholzes, mit dem sich Florian eine Zigarette anzündete, über seinen Zügen. Ein Betrunkener kam aus der Eingangstür des *Portugiesischen Cafés* getaumelt, tastete sich lallend und immer wieder fast in sich zusammensackend an den Häuserwänden entlang; sie beachteten ihn nicht. Obwohl sie leise sprachen, hastig und gepreßt, trug der Wind einiges zu Johannes heran, und er nahm es mit der übersteigerten Sinnenschärfe auf, die besondere Augenblicke verleihen, *Du rauchst? Ach, bloß so, Nora, ich* – Nora hatte ebenso erstarrt wie Florian gestanden; Johannes erinnerte sich an jede Einzelheit: an den unregelmäßig aufleuchtenden Glutpunkt der Zigarette, der sich in ihrem Ohrring spiegelte, den Glanz ihres Haars, das blaue Sommerkleid, an die selbst auf diese Entfernung zu ahnende Weichheit ihres Lippenschwungs, an ihr Handtäschchen, auf dem ihre Rechte wie eine zu bleichem Kristall gewordene Blume lag, und er erinnerte sich seines eigenen Gefühls der Hilflosigkeit, das er empfunden hatte, als er schließlich in eine Seitenstraße abgebogen war, um die beiden nicht aufzustören.

Die Veränderungen waren still gekommen: Man hatte einen Ausblick, eine vorgefaßte Magie, die Schwingungen des Lichts in einer Baumkrone zur bestimmten Stunde, die Geschichten eines wie immer geöffneten Fensters, eines Balkons oder der dunklen Schräge eines Daches in der Nacht, die noch das Auge der Gewohnheit las, aus der aber doch schon, für die schärfere Wahrnehmung des Gehörs, einzelne Buchstaben gelöscht waren: Blätter, die der Wind von dünn geschabten Ästen gepflückt und davongetragen hatte, Reisen, vor denen die Türen nun verstummt und geschlossen standen. Man hörte halb sechs, wie immer, wenn sie Frühschicht hatte, Tanias Schritt im Haus, der Martins schwerem, bestimmtem Hinabstieg in kurzem Abstand folgte, wie immer klackte nur ganz leise die Tür, wenn sie hinausgegangen war, während sie bei Martin dröhnend ins Schloß fiel, so daß Florian wie auch Emilie und selbst Bruno Korra im obersten Stock unsanft geweckt wurden, wie immer ging Nora bei Holetschek vorbei, um bei ihm zu klingeln. Und wie immer stieg Holetschek aus dem Bett, öffnete das Fenster, sah hinunter in den grauenden Morgen zu Nora, die leise einen Gruß und »Aufstehen!« rief, obwohl dies ja schon geschehen war.
Aber sie besuchte Florian nicht mehr. Sie fehlte bei den Gedichteabenden im *Portugiesischen Café*, und auch bei den Tee- und Fernrohrabenden bei Karsten. Die Freunde saßen ohne sie um Florians Messingleuchter mit der eingravierten Glockenblume, saßen allein um den Samowar und die rotglühenden Teegläser. Der Osterinselkopf, sonst Martins Lieblingsplatz, stand beiseite und leer, das großmundige Legendengesicht in die Dunkelheit der Zimmerecke gekehrt, und wohl jeder verstand Martins Geste, sich zum Sitzen Noras Stuhl auszuwählen, so, wie sie gemeint war – nicht als Pietätlosigkeit, sondern als Zeichen des Takts und der Dezenz, als solches eines Abends, als auch Florian und Sophie fehlten, von Isabel Karsten gegenüber verteidigt, der glaubte, daß Martin gerade dadurch, daß er sich auf Noras Stuhl setzte, auf ihre Abwesenheit aufmerksam machte, was Isabel heftig bestritt: Ein leerer Stuhl mache aufmerksamer als

ein zwar falsch, und sichtlich falsch, aber doch besetzter Stuhl, und Florian könne so in der Annahme leben, daß die Freunde ihn nicht schuldig sprächen. Johannes runzelte die Stirn.

Und es war schon September –
Nun gab es sie nicht mehr, die Abende der weithintragenden Geschichten, nicht mehr so wie früher. Florian ging, nach einem Streit mit Sophie, wie betäubt umher, saß im *Aquarium* wie ein Fremder, so daß Korra aus Angst, Florian würde nicht bemerken, wenn man um ihn herum ganze Bibliotheken davontrüge, seine Graphiken oben allein ließ und neben die Wendeltreppe einen Stuhl stellte, auf dem er Platz nahm, einen Band Nietzsche in der Hand, ohne daß Florian Korras Anwesenheit anders wahrnahm als durch den still sich verdichtenden Tabakrauch im Raum. Er hörte nicht das Rascheln der Seiten, denn es gab keines, Korra las nicht in dem Buch, sondern starrte wie Florian vor sich hin, sprach wie er kein Wort außer einem gelegentlichen »Nun, nun« oder »Hm, ja« zu Käpt'n Flint, der neben ihm, oft schon in den Vormittagsstunden, auf einem Kissen schlummerte. Florian hörte wie durch einen Nebel das Glöckchen, wenn jemand kam, reagierte aber nicht, war ganz unfähig zu reagieren, so daß schließlich Korra sich ächzend erhob, die Pfeife weglegte und unter Brilleputzen, wozu er ein gelbes, verschossenes Stofftaschentuch aus der Brusttasche seines altmodischen Jacketts zog, und leisem, unverständlichem Murmeln den Wünschen der Kundschaft nachkam.
Es gab sie nicht mehr, jene Abende. *Kannst du lieben? Einen Menschen aus Fleisch und Blut?* Sie hatte es mit zitternder Stimme gesagt und sich von ihm abgewandt, als die Straße und mit ihr die hellleuchtende Mauer in Sicht kamen, auf der die Rosen in beinahe überschminkter Blüte standen, im Kupferkegel der Laterne am Haus gegenüber, vor dem schmalen Durchgang zum Park.
Kälte durchfuhr ihn, Eis, das die Spitzen seiner Haare löste und seine Haut erstarren ließ, während er noch ihr Gesicht sah, das

ins Leere blickte, an ihm vorbei in die Dunkelheit des Parks und vielleicht auch in eine lange zurückgehaltene, nun häßlich befreite Wahrheit, die er nicht verstand, weil er sie noch gar nicht ganz wahrnahm, nur jene anderen, völlig gleichgültigen Dinge – seine schlechtgeputzten Schuhe, das grüne Samtband in ihrem Haar:

Sophie –

Aber sie bedeckte ihr Gesicht mit den Händen und machte irgendeine leere, fahrige Geste, wie um weitere Worte und die vielleicht aufkommende Erkenntnis abzuwehren, ihn verletzt zu haben, dann schüttelte sie leicht, beinahe unbeteiligt, den Kopf, hob langsam das Gesicht zum Himmel, aus dem dunkle Traubentropfen fielen, und begann zu laufen. Florian hörte sie aufschluchzen, sah ihre helle Gestalt in der Nachtdunkelheit schwinden wie etwas seltsam Unwirkliches, das man befremdet immer wieder in die Wirklichkeit einzuordnen versucht, weil es so brennend hell und übersteigert erscheint wie sonst nur eine Vision, die keine ist – es ist etwas Wirklicheres als die Wirklichkeit.

Daran erinnerte er sich, ungewollt stieg es empor, war als Wort und Szene vorhanden, wie ein Schiff im Nebel plötzlich sichtbar und vorhanden ist ohne Ankündigungen, Geräusche, Zeichen; anderes glitt schemenhaft vorüber: Sophies Züge in einer hellen Mondnacht, Isabel und Karsten beim Federballspiel, Martin kam die Treppe herab und nickte ihm, die Zigarre in die Hand nehmend, zu, Nora und er in einer der Neustädter Bars, Sophie, die lebenslustige, beschwipst und zärtlich spätabends nach einem Kinobesuch, gestützt auf den ebenso beschwipsten, aber viel weniger redseligen und äußerst zurückhaltenden Arndt, und wie sie plötzlich den Arm gehoben und mit versagender Stimme, Tränen in den Augen, geflüstert hatte *Aber sie hat ihn doch so sehr geliebt! Warum … warum nur geht es immer so verrückt zu in der Welt, so … dumm?* Wie sie geweint hatte und die Passanten stehengeblieben waren, die Gegend um die Schauburg war belebt gewesen an jenem Abend im August, Arndt hatte augenrollend gemurmelt *Komm … Schätzchen. Ups.* Martin lachte lauthals, aber Sophie, plötzlich ernüchtert, sagte mit klarer und scharfer Stimme, in der Traurigkeit mitschwang *Ihr versteht das nicht. Ich wünschte, ihr könntet das verstehen. Aber ihr versteht es nicht. Schade.*

Korra bot Florian Urlaub an, aber er begriff es nicht recht und sah auch kein Ziel – wohin auch sollte er reisen? Sie war ja hier. Er hatte weder die Kraft noch die Unabhängigkeit, die wache Tageszugewandtheit der Gedanken, die zum Verreisen gehören, und so dankte er Korra, lehnte sein Angebot ab und blieb matt und resigniert im Sessel sitzen. Was er wahrnahm, waren die großen, fragenden Augen Sandras, Martins, Tanias, die hin und wieder ins *Aquarium* kamen, hier ein Buch aus dem Regal hervorzogen, dort eines aufschlugen, ohne zu lesen, sich um die Blumen kümmerten, Geschenke von Nora, die auf dem Platz neben der längst verblühten Amaryllis standen, und ihm als wechselnd wahrgenommene, eben vorhandene, verschiedenartige Farbtupfer am Rand seines Gesichtskreises vorkamen – behutsame Lichtfarben, Phlox, zartes Hamamelis-Gelb, rote Gerbera. Tania sagte nie etwas außer »Guten Tag« und »Auf Wiedersehen«, wenn sie kam, und Korra schlurfte dann nach oben, um die beiden allein zu lassen. Sie stellte einen Teller mit Schnitten und Obst hin, sagte aber auch dann nichts, wenn er die Speisen nicht anrührte. Sie setzte sich neben ihn und blieb einfach sitzen, schweigend, taktvoll, ohne Vorwurf oder Ermahnung, sie war einfach da, und wie im Frühjahr die Sonne durch stete Wärme das Eis zu Schollen löst und schmilzt, so löste ihr zuverlässiges Da- und Nahesein allmählich seine Erstarrung, die Gedanken kehrten zurück und mit ihnen beständigere Erinnerungen, und eines Abends, als die Sonnenbahn schon an der Wendeltreppe vorbeigewandert war, durchbrach er auflachend die Stille, denn Korras *Ihr seht ja alle verheult aus, was ist denn nur los mit euch? Tania und Nora, Sophie und du …* kam ihm wieder in den Sinn und blieb als Bild vor seinen Augen stehen, das sich verwandelte, verkleidete: Er sah sich selbst und die anderen als traurige Marionetten durch die regentrüben Tage schleichen, willen- und glücklos an die Schicksalsfäden der launischen Gottheit Liebe gebunden. Er spürte Tanias erschrockenen, verständnislosen Blick und mit ihm die Ungehörigkeit seines Lachens, es zerbrach, wie es gekommen war, nicht ihm und der Situation zugehörig oder angemessen, sondern nur grotesker Kommentar zur grotesk abgebildeten Situation, aus der er sich nicht zu lösen vermochte durch rasche und deshalb schiefe Sublimierungen, da er selbst verletzt worden war, und nicht die schwebenden, bunten Schemen, deren Gestalt seine verwundeten Träume angenommen hatten, vielleicht, um der höhnischen Fratze des Verdachts zu entfliehen, daß die Wahrheit seines Schmerzes verletzte Eitelkeit hieß. Stundenlang saß er abends in der finsteren Wohnung, aß nichts, trank nichts, brütete vor sich hin und sah, wie zwanghaft, immer wieder jene Szene vor sich, hörte, kalthell und hart konturiert wie Metall, immer wieder jenen Satz, sah Sophie vor sich, wie sie langsam den Kopf schüttelte und davonrannte. Manchmal stand er auf und trat ans Fenster, sah auf die Fenster ihres Wohnzimmers, aber wenn Licht brannte, ein gelbes Viereck aus der Dunkelheit schnitt, wie fremd war es, wie illusorisch die Nähe, wie falsch und absurd das Gefühl, die Hand hineintauchen, sie sich erhellen und, im Abglanz der Wärme, selbst erwärmen sehen zu können, in der Kraft der Vorstellung, wie manche Menschen in Gedanken mit dem Liebsten sprechen, als sei er neben ihnen. Und wenn es auch all dies noch gab: Musik, Gedichte, die Natur, Gemälde – so bedeutete es ihm doch plötzlich nichts mehr. Er konnte sich nicht mehr darauf konzentrieren, denn es ist nicht der Schmerz, wenn er noch weißglühend im Innern brennt, der sich in Schaffen und Sinn für schöne Dinge wandelt, sondern Erinnerung des Schmerzes, die Beschwörung seines Ursprungs. Aber so, ohne Ablenkung, wie Florian in der Dunkelheit saß, sprachen die Stimmen der Einsamkeit stärker. Um sie nicht hören zu müssen, murmelte er vor sich hin, Bruchstücke von Gedichten, Assoziationen, Szenen, in denen er sich in großen Dialogen und

Taten begriffen vorstellte *He, Jackson, ist das die verdammte Stadt? Ja, Neville, das ist sie, ich erkenne sie wieder. Du weißt, was zu tun ist. Laß die Pferde absatteln und das Lager bereiten. Du hast die erste Wache.* UND JACKSON NICKTE, *nahm den verbeulten und speckigen Stetson ab, wischte sich den Schweiß aus der Stirn, die von der Sonne und Hutkrempe so scharf in eine dunkelbraune und eine weiße Zone getrennt war wie Erde und Himmel vor ihm von der Messerlinie des Horizonts, blickte prüfend nach oben, durch das beinerne Geäst eines Gespensterbaums hindurch, auf die im Dunst verschwimmende Abendsonne über der Prärie, über die schweißigen Flanken der Pferde, die sich gegen die Fliegen kaum noch wehrten;* indem er Neville war, der hochgewachsene, wortkarge, schwarzgekleidete Unverwundbare aus einem halbvergessenen Western seiner Kindheit, tauchte er, auf- und abgehend, in Stammesfehden und Grenzer-Scharmützel, aber immer wieder, wenn er auch nur einen Augenblick stehenblieb und innehielt, war es eine Fiktion, die allzurasch zerbrach, wie alle anderen, in die er sich träumte, um nicht denken zu müssen *Sie ist nicht mehr da. Sie ist so weit weg, wie eine Fremde.* Sophie übte nun fast immer bei entfernt wohnenden Freunden. Er hielt es nicht lange aus, dies Sitzen oder Umherlaufen und Zusichselbstsprechen in der Dunkelheit, und so zog er sich an und verließ die Wohnung, wenn er die Stille, den Hall seiner Stimme und das Schweigen der Wände nicht mehr ertrug. Er ging nie weit weg. Das *Portugiesische Café*, in dem es laut und fröhlich zuging, aus dessen geöffneten Fenstern Musik erklang und weit über das Viertel wehte, mied er, denn er wollte nicht Tanias fragendem Blick begegnen oder Martin und Sandra, der Fröhlichkeit, die so schlecht zu seiner eigenen Stimmung paßte. So lief er durch das Viertel, das sich schon abzukehren begann von der Höhe der Tage, das im noch lauen Septembernachtwind den nahenden Herbst, die Zeit der Dämmerung und des schweigenden, erkennenden Blicks vor ihren großen Gleichnissen, zu spüren schien, als sei sie ein lebendiges Wesen, Häuser, die sich abkehrten wie

Schiffe von endgültig verlassenen Ufern, um das offene Meer zu gewinnen.

Die grünen Regen blieben als silbrige Rispen auf den schon herbstharten Blatträndern zurück; als Tropfen, durchsichtig bis zur gewölbten Ebene winziger Regenbogen in ihnen, auf den überreifen Rosenblüten. In der Regenzeit hatte Florian, wenn kein Kunde kam und alles still war, sich wirklich wie in einem Aquarium gefühlt: draußen rauschten die Wasser an den verriegelten Fenstern nieder, sie kamen ihm vor wie die Bullaugen der *Oldenburg*, die nun in ferne, unzugängliche Reisen entrückt war. Auch wirkten die Bücher, wenn er augenblicksweise aus dem Nebelzustand der Melancholie erwachte, in ihrem schweigenden Herabblicken auf ihn wie die Bibliothek einer versunkenen Welt, in der er, seltsam genug, daß er zu atmen vermochte, zu Gast sein und alles betrachten konnte wie in einem Traum, aus dem man nicht mehr als derselbe, der man vorher gewesen ist, in die Wirklichkeit zurückerwacht. Wenn die Sonne schien, verwischte sie es und spielte darüber hin.

Anfangs brauchte Martin nicht mitzuhelfen, denn Holetschek setzte seinen ganzen Ehrgeiz darein, die fehlenden Teile zu besorgen, fuhr selbst zu den Anbietern, um die Angebote zu prüfen, und ließ in dieser Zeit *Cook's Basar* in Martins Obhut. Er verriet nichts, wenn er zurückkam. Beiläufig öffnete er die Verdeckklappe seines Lieferwagens, wies auf eine Kiste mit Bowdenzügen oder Spezialwerkzeug, sagte *Einbauen müßt ihr das Zeugs aber selbst, Jungs,* holte Filter hervor und eines Nachmittags auch zwei Rucksäcke mit NVA-Fallschirmen. Emilie war skeptisch. *Meinst, daß die halten? Wo hast du die her, Alfons? Tja*, antwortete der und spitzte die Lippen. *Klar halten die. Beste Qualität, reine Seide. Muß man natürlich trotzdem ausprobieren.*

Johannes staunte, und nicht nur darüber, daß es Holetschek gelungen war, all diese entlegenen und verschollenen Dinge zu beschaffen, sondern auch darüber, daß er abwehrend die Hand hob, als er ihn fragte, was er dafür verlange. *Laß man, Junge. Geht alles schon in Ordnung*. Johannes sah auf und entdeckte Emilie auf dem Beifahrersitz, im Spiegel schaute sie zu, wie sie die Kisten abluden und in der Garage verstauten. Dann brachte Martin das Schweißgerät. Emilie sagte *Wie damals bei Tunis, diese Dünen, die Farbe des Sands ...* Johannes kam mit komplizierten Bauplänen und technischen Zeichnungen; sie begannen zu arbeiten.

»Und die – fliegt?« fragte Tania nach zweieinhalb Wochen und ließ ihren Blick skeptisch über die *Hirondelle* gleiten, die Johannes eben von ihrer Schutzplane befreit hatte. Im staubigen Garagenlicht stand sie vor den Bewohnern des *Portugiesischen Cafés*, butterblumengelb und schön; Martin hatte ihren Namen in feinen blauen Buchstaben auf den Rumpf gepinselt. Johannes schwieg, Valentine spürte, daß er gekränkt war, und ging zu ihm.

»Habt ihr die Fallschirme geprüft?« fragte Emilie. Martin nickte. An einem Regentag waren sie ins Elbsandsteingebirge, in einsame Gegend, gefahren, hatten eine Last an die Schirme gebunden und sie dann von einem Felsen gestürzt, die Reißleinen gezogen und zugesehen, wie die weißen Parasole sich öffneten und in die Tiefe schwebten, glatt und schimmernd.

»Wann willst du es versuchen?« fragte Karsten.

»Noch nicht«, murmelte Johannes und strich vorsichtig über die Tragflächen, »noch nicht.« Valentine berührte ihn, Freude und Unruhe zugleich lagen in ihren Augen.

Wir werden lange fort sein, hatte Arndt gesagt. Es waren die Tage vor ihrer Abreise, Tage mit hellgrauen Gesichtern, die sie dem Wind und dem Fluß liehen, auf dem die Dampfer noch fuhren, abgekehrte Gesichter, nächtlich schon, Augen wie fremdgewordene Spiegel. Licht fing sich in zitternden, dunklen Tropfen auf den Zweigen, die Rosenblüten über der Mauer ergaben sich den schon von Kühle umrandeten Nächten und erwachten nicht mehr. Zeit, die vorüberglitt wie eine Katze in der Nacht, wie das Geräusch von Schritten im Treppenflur, Zeit, die heraufgekommen war wie die Schatten in der Weichheit der Nußbaumblätter. Einmal, als Florian im Haus vor dem Fensterbrett mit der verblühten Clivia stehengeblieben war, hatte er eine Biene sterben sehen, er konnte dem Tier nicht mehr helfen, sah es aus der Entfernung, ohne den Blick wenden oder fortgehen zu können, starr vor der fahlen Glut, dem magischen Emblem eines Verses, den er nicht zu bannen vermochte – *die Bienen, Geliebte, bringen uns das Gold: geheime Zeit der Wandlungen.* Er sah den hellbraunen, pelzigen Leib, die glasadrigen Flügel, die matt nach dem schwindenden Licht tasteten und sich dann still zusammenlegten, durchsichtige runzlige Zungen, eine zu schwer gewordene Bürde, sah ihren Kopf, den sie bald ergeben senkte, den pulsierenden Hinterleib. Sie versuchte, in Richtung der Clivia vorzukriechen, schaffte es aber nicht mehr und blieb liegen, seltsam in sich gekauert, aber mit preisgegebenem Rükken und so den Tod erwartend, der von dort kommen würde, wohin sie nicht mehr sehen konnte – in Gestalt eines noch in der Dunkelheit hausenden Käfers vielleicht oder von Ameisen, die um ihre zunehmende Erstarrung als schnelle, kleine Schatten huschen würden, um bald, mitleid- und bewußtseinslos, in den unsichtbaren Kreis einzudringen, wo das Sterben beginnt. Florian ging nach oben, holte ein Stück Papier und schob die sich kraftlos und langsam wehrende Biene darauf, öffnete das Fenster und gab sie ins Freie, auf den Sims, der noch erwärmt war und von der scheidenden Sonne berührt. Ein leichter Wind regte ihre Flügel, sie schien noch erschöpft und wartete. Er ging wieder nach oben, weil ihm eingefallen war, daß sie mit etwas Zuckerwasser vielleicht wieder zu Kräften kommen könnte, aber als er zurückkam und nach ihr sah, war sie nicht mehr da.

Wieder, wie schon zu Anfang des Sommers, tauchten die Abende empor wie große Inseln einer entfernten Zeit. Damals hatten sie

Schalen geglichen, die sich zu füllen begannen, jetzt reifte in ihnen die klare, bläuliche Kühle des Herbstes. In den Dämmerungen füllten sich die Häuser mit Ruhe und Verstummen, lagen wie dunkle Tiere, die schlafen wollen und die Lider schließen.

– Erinnerst du dich?
Ich erinnere mich, Martin. Ich höre die Stimmen wieder, in den Dämmerungen, als ich wanderte. Ich sehe die Bahn in Loschwitz vor mir, die im Septemberlicht den bewaldeten Berg hinaufschwebt, unten atmet der glitzernde Strom. Dann kam Sophie, ich höre ihr Lachen wieder, sehe ihr Haar, das sie mit weicher Geste zurückstrich, sehe sie, wie sie an einer Mauer lehnt, mit Karsten sprechen und mit Isabel … und hörte nicht ihre Stimme, sondern sah nur ihre Bewegungen in der sonderbaren Entrücktheit von Träumen, das Spiel ihrer Lippen, einen Armreif, im Licht blinkend, die blumenhaft geöffnete linke Hand mit ihren umsonnten Tanzbewegungen, erinnere mich, wie ihr Blick etwas suchte, das zwischen ihr und mir lag, aber in der Leere davor abbrach, und einen Augenblick war die Erinnerung ein Traum: In einer Sommernacht, als sie mir von Japan erzählte und ich ihre Augen sah und das sanfte Weben ihres Haars, ihre Lippen plötzlich nah bei meinen spürte und noch verwundert war über die stürzende Dunkelheit und den beklemmenden Ernst des Kerzenlichts, des Flammenkreises im Zimmer, auf dem Tisch vor Johannes' Büchern, allen Dingen, die von mir zurückfielen, zurückwichen wie Brandung vom Strand und Ängstliche vor dem, auf das man mit Fingern weist, ihre Hand auf meiner Wange, ihren zarten und sanften Körper nah bei meinem, daß ich ihr Herzklopfen spüren konnte und ich ihre Lippen berührte, die zitterten, ihre Augen sah, in denen alles zerbrach …
– Und jener Tag, Johannes' letzter Urlaubstag, ich erinnere mich, Florian, als er zum ersten Mal nach dem Training fliegen wollte, draußen in der sandigen Einöde, die Hirondelle *hervorgeholt hatte aus dem Schuppen und alle sie bewunderten, das leuchtende Gelb, die Schönheit und die Eleganz der Formen, und*

wartete, weil Sophie nicht kam, nach der Uhr sah und zum Himmel, der zusehends dunkler wurde, die Leiter bestieg und nach ihr Ausschau hielt, die Hand an der Kanzel, Emilies Lederfliegermütze und Motorradbrille aufgesetzt, Ausschau hielt nach ihr und Nora, Skepsis im Gesicht, Zweifel, denn wie sollten sie die Garage finden, zu ihr gelangen, wir waren ja schon vorausgefahren mit Sandras und Arndts Autos, Emilie stand und schattete mit der flachen Hand ihre Augen, die Haarkrone leuchtete weiß vor dem tiefen Blau des Himmels, und vielleicht dachte sie an Orte ihrer Jugend, wenn sie die welligen Sandhügel vor dem Horizont sah, vielleicht dachte sie an die Takla-Makan oder die Wüsten Arabiens ...

– Schumann in jener Nacht, Musik schwebte auf zart verfließenden Schatten, vielleicht aus einem der umliegenden Häuser, vielleicht aus Martins Erkerfenster, es war das Wie aus der Ferne aus den Davidsbündlertänzen, Kempff spielte, ich kannte den Ton, die untrügliche Noblesse, es war ein Traum, ich küßte sie, und die Zeit glitt von meinen und ihren Schultern, ließ uns los, als sei sie nie dagewesen und würde nie wiederkehren, und Sophie flüsterte: Ich möchte fliegen können, Florian ...

– Ich weiß es, als sei es eben geschehen, ich stand auf der Leiter, neben mir wartete die Hirondelle, warteten Karsten und Holetschek und du, Martin, neben Isabel und Sandra, Tania war unruhig und ging auf und ab, immer nur wenige Schritte, und Korra fragte: Wo bleibt sie nur?

– Es war schon September, und sie kam nicht zur Stunde, die du genannt hattest, Johannes, sie und Nora waren nicht da, und ich sehe dich, Martin, als dir Sandras Funktelephon einfiel und du es von ihr erbatest, um die beiden anzurufen, und sehe Emilie, wie sie sagte: Verrückt, Johannes, noch länger zu warten, es wird Regen geben, du mußt dich beeilen, sehe Johannes schließlich einsteigen, widerstrebend, immer noch Ausschau haltend und hoffend, aber dann, halb unwirklich wie Erinnerungen, von denen wir nicht mehr genau wissen, ob es Erinnerungen an in der Wirklichkeit Geschehenes oder Erinnerungen an Film- oder

Romanszenen sind, die gleitende, leicht schaukelnde Fortbewegung der Hirondelle, *der sich auf den hellsten Punkt des Himmels zu entfernende Rumpf, schleiernde Luft um ihre Kontur und die geschlossene Kanzel mit Johannes darin, der nun allein alles bestimmen würde, was mit der zerbrechlich wirkenden und zugleich kraftschnaubenden Maschine geschah, dann hob sie sich, schien die Flügel zu breiten mit einer gelassenen und weichen Bewegung, wirklich eine Schwalbe, Emilie nickte freudig erregt, Valentine hatte große Angst, und dann erst nahm ich das schwerelose und zauberische Kreisen der Insektenschwärme wahr, langsam, am Rand der von der* Hirondelle *aufgewellten Luftströmungen, vorübergleitende Parasole von Pusteblumen, die zeitlupenhafte Intensität magischer Augenblicke, das Flugzeug schwand in das mächtig aufgetürmte Gebirge Schiefergrau, das der Himmel vor ihm war, mit Adern Ritterspornblau darin, einzelne Tropfen begannen zu fallen, ich wandte mich um, abrupt, als hätte mich eine Ahnung berührt oder ein Geräusch, das ich aber doch noch nicht hätte hören können, ich sah Sophie auf uns zurennen, sonderbar taumelnd und dennoch in der Art vieler Frauen, ich winkte ihr zu und sah ihr verzerrtes, von der Anstrengung gedunsenes Gesicht und, schon aus der Entfernung, die Augen wie Stein darin, wie sie schrie, ohne daß wir es hören konnten, und wie ich es sah, was ihre Lippen formten, Noras Namen –*

und wandte mich und erblickte meine Hand wie etwas Fremdes, sah Martins Gesicht und seine erschrockenen Augen, und sah, einsam in der schweren und übermächtigen Dunkelheit des Himmels, die Hirondelle *steuerte darauf zu, ein Stück Helligkeit, entfaltet, ein gespanntes Segel, die weiße Blüte einer Chrysantheme – – –*